親ケア奮闘記

がんばれ、母さん。
たのむよ、父さん。

横井孝治

第三文明社

はじめに

ここ二、三年、介護をテーマとしてテレビや新聞、雑誌などでコメントしたり、日本各地で講演をする機会をいただくことが増えました。大学教授の方などと一緒にトーク・セッションの形をとることもあるのですが、そのなかでどうしても違和感を拭《ぬぐ》えないことがあります。

これまで私が接してきた偉い先生方は「要介護者の心に寄り添い、最大限に尊重する介護を行わなければいけない」「時間をかけて要介護者の言葉に耳を傾ける『傾聴《けいちょう》』が大切」「『老木《ろうぼく》は移さず』という言葉がある。高齢者を住み慣れたところから引っ越しさせるのは、老化を進めるだけだ」といった発言をされることが少なからずありました。

それに対して私が「要介護者を支える介護家族からすると、難しい部分もあるのでは？」と尋ねると、「それはみんなで考えるべきこと。要介護者や介護家族を社会全体でサポートする仕組みが必要」といった、お決まりの答えしか返していただけません。

介護家族の立場からすると「義務だけは今すぐ果たさなければいけない。でもそれに対する支援策は、いつか誰かが考えてくれるはずだから、当面は我慢しろ」と言われているようなものです。

介護家族にも一人ひとり生活や仕事があり、親との関係性もさまざまです。「要介護者の希望はできるだけ聞き入れるべき」といった「べき論」や、「本当に親のことを思っているなら、我慢できるはず」といった「精神論」ばかりを押しつけられたのでは、とてもではありませんが、平均して九～一三年ともいわれる長い介護期間を乗り切ることはできません。

私が自ら介護と向き合うことになったのが、三四歳の夏。介護についての知識や心構えのカケラもなかった私は、ただ空回りするばかり。それ以来、数限りない失敗を積み重ねてきました。

この本には、私が、両親に起こった異変といかに向き合い、嘆き、悩み、怒り、そしてときには笑ってきたかが包み隠さずに書かれています。今回の書籍化のため、二〇〇七年の秋に介護情報サイト「親ケア・ｃｏｍ」を公開して以来、コツコツと連載してきた「親ケア奮闘記――ある日、親が壊れた。」を再編集したのですが、原稿を読み返しながらも当時の記憶や苦悩が、昨日のことのように思い出されました。

「親ケア・ｃｏｍ」の企画を立てた際、介護サービスの制度や利用法の解説といった一般的な介護情報のほか、真っ先に書こうと思ったのが、この「親ケア奮闘記」です。自分自身がどんなに介護のことを知らなかったのか、そしてどんなに無力だったのかを公開することで、私のような失敗をする方を少しでも減らしたいと考えたからです。いわゆる「きれいごと」は、一つも入っていません。

介護は、家族の関係性、仕事や友人たちとの付き合い方、自分自身の価値観など、さまざまなものを変えてしまう転機です。この本を読んでいただいた方が介護と向き合うことになったとき、私の失敗談の数々が少しでも参考になるのなら、これ以上の喜びはありません。

横井孝治

目次

装画　漆原冬児
装丁・本文デザイン　村上ゆみ子

第一章
始まりは、突然に。

すべてを変えたのは、一本の電話でした。

ある年の夏、いつものように仕事を終えて実家に電話をすると、私の耳に泣き叫ぶ母親の声が突き刺さりました。

何ごとがあったのかと問いただす私に、母はただ「すべてを失ってしまった！」「何もわからない！」と叫ぶのみ。「母さん、落ち着いてくれ」という父の弱々しい声が、電話越しにかすかに聞こえます。

必死の思いで母をなだめすかし、父に電話を代わってもらって事情を聞くと、「朝から急に様子がおかしくなった」とのこと。私が「すぐに実家に帰る」「母を病院に連れて行く」と言うと、父が必死になって拒《こば》みます。父曰《いわ》く、「以前、自分が死にかけたときに母が救ってくれた。今度は自分の番だ」と。少し言い合ったのですが、どうしても父が譲らず、逐《ちく》一《いち》電話で連絡をとり合うと約束し、しばらく様子を見ることにしました。

今思えば、これが大きな失敗だったのです。

荒れ果てた実家。

そのとき、私の父は七五歳、母は六五歳。両親が年をとってから結婚したこともあり、ひとりっ子の私は溺愛《できあい》といってよい状態で育てられました。

三重県で生まれた私は、関西の大学に入ったのをきっかけに一人暮らしを始め、それ以来、就職・結婚と関西に根を張った生活を送っています。実家を離れたあともマメに帰省して大掃除や大きな買い物を手伝ったりしていました。また、週に一回ぐらいは実家に電話して、友人の少ない母の話し相手もしていました。

父のほうが母より一〇歳年上であり、六〇代のときに脳出血で倒れ、左半身に軽いマヒが残っていることなどから、私の中では、いずれ父が亡くなったあと、母の面倒をどうやって見ていこうか、と漠然と考えていたのですが……。

あの日の電話以降、私は不安な気持ちを抱きつつ、日々の仕事に追われていました。

あれ以来、実家から電話がかかってくることは一度もなく、私から電話してみても、両親はなかなか出てくれません。たまに父親が出て、「これから風呂に入るところだ」とか「昨日は外出していた」と言うぐらい。母親に代わってもらうように頼んでも、「今は、横になって休んでいる」と言って取り次いでもらえませんでした。

連日のように深夜まで働いていた私は、忙しさに紛れて、いつしか「あの夏の夜、母が泣き叫んでいたのは、何かの間違いではないか?」などと思い始めていました。

また娘が三歳となり、かわいい盛りだったことも判断を鈍らせました。「たまの休日は娘と一緒に遊んでやりたい」と思い、娘と過ごすことを優先していたのです。

大きな仕事に区切りがつき、私が三重の実家に帰省したのは、結局一一月に入ってからでした。いつもなら駅まで両親が車で迎えに来てくれるのですが、前日に電話したところ、父が「明日はタクシーで来てほしい」と言うので、ちょっとイヤな予感がしたのを今でも覚えています。

実家にたどり着き、玄関を開けた私の目に飛び込んできたのは、乱雑に脱ぎ散らかされた靴やスリッパ、干からびてしまった観葉植物、そして室内に目を移すと、ごちゃごちゃに固められた衣類やタオル、食卓の上には汚れた食器……。

神経質なほどきれい好きだった母を知る身としては、目を疑うような光景です。

言葉を失っている私に、奥の部屋から疲れた顔の父が現れ、「お帰り」と声をかけてきました。何があったのか父に尋ねようとして、父の陰にいた母の姿を見つけた私は、もっと大きな衝撃を受けることになりました。

母は身長一五〇センチぐらいと小柄ですが、お世辞にも痩《や》せ形というわけではありませんでした。しかし、久しぶりに会った母は服の上から見てもわかるほどガリガリになっています。頬《ほお》もげっそりとしており、いっぺんに二〇歳ぐらいは老けたように思えました。

私に対していつものように「お帰り」と声をかけて微笑《ほほえ》むこともできず、何かに怯《おび》えるかのようにキョロキョロと周囲の様子をうかがっています。

「母さん、大丈夫？」

口に出してはみたものの、どう考えても大丈夫なはずはありません。

父はといえば「すいません……」とうなだれているだけです。

いつまでもカバンを抱えたまま立っているわけにもいかないので、リビングのソファに座るよう両親を促《うなが》したのですが、まったく落ち着く様子のない母は、小さな声で「帰って来ちゃいかん。早く逃げないと……」と繰り返しています。

何がなにやらわからないまま、母をなだめすかし、三人並んで座るまでに小一時間はかかってしまいました。

とりあえずこれまでの経緯を聞き出そうとしたものの、母とは会話できそうにありません。父に話を聞こうとしても、再び「すいません……」と力なくつぶやくのみ。苛立《いらだ》った私は、「すいませんじゃなくて、とにかく俺にわかるように事情を話せ！」ときつく詰め寄ったのですが、「みんな、ワシが悪いんです……」と頭を下げるだけで、どうにも要領を得ません。

そうしているうちに、母がまた立ち上がり、家の中をフラフラと歩き始めました。

「母さん、今、話をしているところだから、横に座って」と声をかけると、一瞬だけこちらを振り返り、「お前は何も知らんから、そんなことを言う」と言って、リビングを出て行こうとします。すぐに後を追い、肩に手をかけて、「ちょっと待って。とにかく話をしよう」と言いながら、少し強引《ごういん》に母を振り向かせたのですが、至近《しきん》距離で見た母の瞳は、訳のわからない力を感じさせるものでした。

目の焦点が私ではない何かに合っているような、乳幼児などが何もない空間を凝視《ぎょうし》しているような……ちょうどそんな感じでしょうか。ただ、その瞳の奥には、悲しみ、苦しみ、焦りなど、さまざまな負の感情が溢《あふ》れかえっているように思えました。

ここで手を離すと母はまたどこかへフラフラと行ってしまいそうです。「大丈夫。俺がいるんだから、何も怯えることはない」と何回も言い聞かせながら、母を自分のほうに引き寄せ、すっかり肉が薄くなった背中をさすりました。

小一時間ほど、そうしていたでしょうか。

母もほんの少し落ち着いてきたようで、「孝治に会えるとは思わなかった」「こうして来てくれてうれしい」など、意味があることをポツポツと口にするようになりました。

そんなことをしながらも、私の頭の中は山ほどの「?」でいっぱいです。

「何が母をここまで恐れさせているんだろう?」

「夏からずっとこんな状態だったんだろうか?」

「これから自分は何をどうするべきなんだろう?」……。

母を再びソファに座らせようとすると、「イヤだ。そんなところで話なんかしたら取り返しのつかないことになる!」と言って、頑《かたくな》に拒もうとします。どうしても家の中では話したくないという母の意見を聞き入れ、私は実家の車を使って、三〇分ほど離れたところにある大きな公園へと移動することにしました。

移動中、助手席の母は、せわしなく車内や窓の外を見回していました。

「久しぶりに息子とドライブしてるんだから、ちょっとは楽しんだら?」と、無理して明るく声をかけてみたものの返事はありません。父が後部座席から、「母さん、せっかく孝治がそう言ってくれてるんだから……」と言うと、「そんな呑気《のんき》なことを言っているから、家族そろって殺されるような目に遭《あ》うんだ!」と、鬼のような形相《ぎょうそう》で物騒《ぶっそう》なことを言い返していました。

公園の近くの駐車場に車を置き、温かいお茶を買って公園に入りました。

周囲に人がいないのに安心したのか、それとも私との約束だからか、母はベンチに座り、小声で話し始めました。

「お前は何も知らなすぎる……」

母の告白。

やっとの思いで聞き出すことのできた母の話は、私の想像をはるかに超えたものでした。

「○○○○教と○○○○党と自衛隊と警察が手を組んで、自分たちを監視している」

「家中に隠しカメラや盗聴器が仕掛けられている」

「家の家財道具などが別のものにすり替えられてしまっている」

「エアコンや炊飯器が、急に自分の悪口を叫び出すものになってしまった」

「家財道具を返してもらうためには、近所の住人たちの家の風呂に入って回らないといけないが、そこには毒蛇がウヨウヨしていてつらくて仕方がない」

「毎日『殺されたくなかったら外に出てこい』と呼び出される」など、など……。


どうしよう？　どうすればいいんだろう？


話を聞きながらも私は必死で答えを探しました。

しかし、ここまでの事態を予測できていなかったこともあり、「いや、そんなはずは」「それはおかしい」など、弱々しい否定の合いの手を入れるのが精いっぱいでした。

もちろん、そんなことで母の衝撃の告白が止まるはずもありません。

「父さんはすでに殺されてしまった」と母が言い出したときには、さすがに私も「いや、すぐ横に座ってるだろ」と反論しました。しかし「お前は何もわかっちゃいない」と頭から否定されてしまいます。

そのとき、会話に加わることなくうつむいていた父が、「ついこの間、母さんに『喪服《もふく》を着ろ』と言われて着替えさせられた。それで、写真館まで車で一緒に行って、葬式用の写真を撮影させられた……」と言いました。

「それだけのことがあって、俺が電話したときに『何も問題はない』って言ったのはなぜなんだよ！」

普段、めったなことで声を荒らげたりしない私ですが、このときばかりは大声で怒鳴ってしまいました。しかし母に、「シーッ！　静かにしないとヤツらに聞かれてしまう！」と制され、私の心は怒りと困惑と不安感で訳のわからない状態でした。

一通り話を聞き終わり、母の精神状態が尋常ではないこと、それにともない、食事も満足にとっていないことがわかった私は、病院へ一緒に行こうと母に伝えました。

「あんなところへ連れて行かれて何をされるのか、お前は知っているのか？」

私を睨《にら》みつけた母の顔は、生まれてこの方見たことがないほどで、思わず気圧《けお》されてしまうようなものでした。

とりあえず話を打ち切って夕食を食べに行くことに。しかし、お気に入りだった寿司屋《すし》に連れて行っても、母の様子は落ち着くことがなく、周囲に対して過剰なまでにビクビクとしています。

「さっきの話の続きだけど……」

食事をとりながら話しかけた私を、「シーッ！　こんなところで声をかけるヤツがあるか！」と一喝《いっかつ》。食べ始めてから一〇分もたたないうちに、「家が気になって仕方がない。誰かに火を付けられているから」と言い出し、席を立って店を出て行こうとします。当然ながら、店員や他のお客さんから注目を集めることになり、猛烈に恥ずかしかったのを覚えています。


実家に戻ってからがまた大変でした。

荒れた室内を可能な範囲で片付け、お風呂を沸かして両親に先に入るように促すと、「風呂になんか入ったら、溺れさせられてしまう」と言って、素直に言うことを聞いてくれません。長く公園にいて体が冷えていることだし、ゆっくり温まってほしいだけだと言い聞かせ、どうにか母を入浴させた私は、リビングの片隅でシュンとうなだれている父に声をかけました。

「父さん、どういうことかイチから説明してくれないかな」

「すいません……」

「いや、俺は謝ってほしいわけじゃなくて、何が起きたかを知りたいんだけど」

「すいません……」

「だから、謝るんじゃなくて、夏に電話で話したときから、現在に至るまでの……」

「すいません……」

「あのな、謝らなくても……」

「すいません……」

「いい加減にしろ！」

気がついたら父を怒鳴りつけていました。

すると、その声を聞いた母が、全裸でずぶ濡れのままリビングに駆けつけ、「やめてくれ、ヤツらに殺される！」と懇願してきたのです。

盗聴？　盗撮？

激しく動揺する母の背中をタオルで拭《ふ》いてやりながら、「大丈夫、大丈夫。誰もやって来ないから」「父さんがちゃんと話してくれないから、少しイラッとしただけ」などと話しかけ、懸命になだめました。そしてようやく服を着終わった母と入れ替わりに父を入浴させ、今度は母と二人きりで話すことに。

「母さん、その……何者かに狙《ねら》われるようになったのは、やっぱり夏からなの？」

母をソファに座らせ話しかけると、「そんなことをうかつに口にするんじゃない！　家中に盗聴器と隠しカメラが仕掛けられているのに」と小声で制止してきます。

「ほら、あの壁紙の隙間《すきま》とか、あのコンセントとか……。お前にはわからんのか?」

「……わかった。近くのホームセンターまで一緒に買い物に行こう」

閉店間際のホームセンターへと母を連れて行った私は、「何をするつもりなんだ?」と母が不安そうに問いかけるのを無言で制し、壁紙やテープなどを購入しました。

自宅に戻った私は努めて明るく母に話しかけました。

「母さん、さっき言ってた盗聴器やカメラ、どこにあるのか教えてくれる?」

母が指さす箇所に購入したばかりの壁紙を切り取り、覆《おお》い隠すように貼り付けていきます。風呂から上がってきた父がその様子を不思議そうに見つめ、何か声をかけたそうにしていましたが、それに応える余裕などありません。少しでも母の不安材料を取り除き、まともに話し合えるようにしたい一心でした。

深夜〇時を回った頃、ようやく作業が一段落しました。少し納得がいったのか、母の表情も心なしか落ち着いたように見えます。本当ならすぐにも事情を聞き出したいところでしたが、両親の肉体的な疲れも考え、質問の続きは翌日にすることにしました。

「今日はもう遅いし、俺も風呂に入って寝ることにするわ。二人は先に休んでて」

そう声をかけて、脱衣所に移動して服を脱ぐ私のそばから母は離れようとしません。「どうしたの?」と聞くと、「ゆっくりと風呂に入れ。何が来ても、私がここで守ってやる」とのこと。浴室の曇りガラスのドアから母のシルエットが見えます。浴槽で体を温めながらも、自分の心がどこまでも寒々としているのを感じていました。

風呂を出た私は、「おやすみ。母さんも早く寝て、体を休めないと」と母に声をかけ、二階にある自室へ向かおうとしました。しかし母は、「毎日、誰かわからないヤツらが家の中や外で騒いでいる。眠れるもんか」と言い、リビングを落ち着きなくウロウロしています。

疲れてはいたものの、このまま母を放っておくわけにはいきません。

すでに父はベッドに入り、イビキをかいていました。

「ちょっと待ってて」と母に声をかけ、二階から毛布と枕を取ってきた私は、父のベッドと母のベッドの間の狭い隙間に体を横たえ、そこで眠ることにしました。

「ほら、ここで一緒に寝るから。何か気になることがあったら、いつでも起こして」

ちなみに私の身長は一八二センチ。寝返りはもちろん、身動きすらままなりません。しぶる母をなんとかなだめ、ようやく横になってもらうことに成功した私は、「ごめん……」と謝る母にいたわりの言葉をかけているうちに、気がつけば眠りのなかに落ちていました。

翌朝、六時前に目覚めた私は母のベッドに目をやりました。そこにはカッと目を見開き、こちらを見ている母の姿。どうみても熟睡できたようには思えません。

「少しは眠れた?」と聞くと、「寝ているうちに、またヤツらがやって来て、電化製品をすり替えていった」との答え。「すぐ横にいたけど、誰も来なかったよ?」と言っても、「お前は寝ていたからわからないだけだ」と反論してきます。

「ほら、テレビもボロボロのものに換えられてしまっている」

「いや、これ昨日までと何も変わらないって」

こんな会話をしながらも私の頭の中は、どうやったら元の明るく優しい母に戻ってくれるかでいっぱいでした。

「夏からずっとこんな感じなの?」

「……そうだ」

「家に来るヤツらが何者かはわからないの?」

「……うん」

「ご飯とかも、ちゃんと食べてないよね?」

「こんな目に遭っているのに、落ち着いて寝たり食べたりできるもんか」

「……母さん、やっぱり一緒に病院に行ってみない?」

そう声をかけた私の背後から、意外な言葉が聞こえました。

押し問答。

病院での受診を勧める私を制したのは、前日、しょんぼりしていただけの父でした。

「母さんは、少し疲れているだけだ。病気なんかじゃない……」

「いや、これはどう見ても普通じゃないって」

「……お前は母さんを病人にしたいのか？」

「そういうことじゃないだろ。早く元の母さんに戻ってほしいだけだ」

「ワシがついているんだから大丈夫だ」

そのとき、私の中で怒りのスイッチが入りました。

「お前がついていてこれだから、病院に行こうって言ってるんだろ！」

「……孝治」

「『元気です。大丈夫です』と嘘《うそ》を言い続けてきたくせに、なんで信じてもらえるって思えるんだよ！」

「……孝……治」

「昨日、母さんの裸を見たけど、打ち身やアザがいっぱいだったぞ。父さんが殴ったり蹴《け》ったりしてるんじゃないのか？」

「……仕方が……なかったんです」

「やっぱり、そうかっ！」

カッとなった私は、父の胸ぐらをつかみました。

「か、母さん、助けてくれ……。ワシを捨てて、病院に行かないでくれ」

おろおろした父は私から目をそらし、すがるような顔をしながら母に言いました。

母に目を向けると、さっきまで険《けわ》しい顔をしていたはずなのに、そのときだけは不思議なほどに穏やかな表情をしていました。


「孝治。心配させてすまん……」

「母さん？」

「でも私は病院なんか行かない。そんなことをしたら、お前の将来のためと思って守ってきたこの家を取られてしまう」

「……いや、そんなことはないから」

「お前にはわからないだけだ。苦しいけど、私なら大丈夫」

「いや……大丈夫じゃ……ないだろ……」

「親に手を上げたりするもんじゃない。私はそんな子どもに育てた覚えはない」

私がゆっくりと手を離すと、父は私の前に土下座して言いました。

「お願いです。チャンスをください。母さんを連れて行かないでください」

「孝治、私からも頼む。病院なんか行きたくない」

「お願いします」

「頼む」

どうにかして両親を説得し、病院に連れて行こうと考えていた私ですが、頭を下げ続ける二人を見て、これは一筋縄ではいかないと思いました。

「……わかった。今日のところは大阪に戻る。でも、すぐに様子を見に来るから」

ゴミだらけだった実家を掃除し、日持ちがする食品やお茶などをたっぷりと買い置きして、父に対し、何があっても暴力をふるうことを禁じて、迎えに来たタクシーに乗り込む私を見送る両親の姿が、妙にうれしそうに見えたのは気のせいだったんでしょうか。

後ろ髪を引かれる思いで大阪に戻った私は、ほぼ毎日、実家に電話をして、母と会話をすることだけは欠かしませんでした。あの血走った目を思い出すと、そうせずにはいられなかったのです。

休日になると大型書店に足を運び、心の病気についての本を購入。母親に何が起こっているのかを一生懸命学びました。数々の本を読むうちにわかったのは次のことでした。

・母親の症状は、どうやら「統合失調症」というものに酷似《こくじ》している。
・この病気は一〇〇〇人に七〜八人ぐらいがかかるものらしい。
・一般的には一〇代後半から三〇代前半までに発症し、四〇代以降の発症は珍しい。

介護の心構え①

●同居していなくても、できることはある

在宅介護であっても別居している場合、また施設へ入居している場合は、忙しい日常に紛れてコミュニケーションがおろそかになりがちです。

定期的に訪問することが難しい場合は、電話などで五分だけでも言葉を交わすことをお勧めします。

第三者によるサービスなどで不自由のない生活を送っているとしても、お年寄りは不安や寂しさを感じているもの。物理的な距離はともかく、心の距離を近く保つことで「自分を支えてくれる家族がいる」ことを、親にも意識してもらいましょう。

・最近は薬なども進歩しているので、専門医にかかれば症状が改善する可能性が高い。
・逆に、放置していて自然に病気が治る可能性はゼロに等しい。

母の自力での回復を信じたい、でも、もし統合失調症なら、なんとかして病院に連れて行かなければ……。

イライラが募《つの》るなかで年末になり、例年のように帰省する時期が近づいてきました。

いつものように仕事の合間に実家に電話をして、年末年始の帰省のことを伝えると、それまで穏やかだった母の声が急に硬《かた》いものに変わりました。

「絶対に帰って来てはいかん！」

「え？」

「命に関わる！　とんでもないことになってしまう！」

「あ、いや、そんなことは……」

「孝治が奥さんや子どもと思っている二人がいるだろう？」

「……思っているっていうか、何を今さら」

「あれはニセモノだ」

「え？」

「その証拠に、その子どもとお前は全然似ていない」

ここで少し補足しておきたいのですが、私の子どもはどちらかというと妻より私に似ています。そして何より、生き写しかと思うほど母にそっくりです。

「何言ってるんだよ。同じ家族に対して」

「孝治はダマされているだけだ。そんなヤツらを連れて帰って来るぐらいなら、二度とうちの敷居をまたがせない！」

しばらく押し問答をしたものの、どうしても帰って来るなら一人で来いとのこと。

こんな状況の実家に、まだ幼稚園の娘を連れて行くわけにもいかないので、妻に事情を説明して私は単身で帰省することにしました。

久しぶりの買い物。

一カ月半ぶりに実家に帰った私の目にまず止まったのは、前回の帰省時よりさらに荒れた様子の玄関でした。以前は母がマメに手入れをしていた庭木は鬱陶《うっとう》しく茂り、玄関内に飾られていた花や観葉植物もすっかり枯れ果てています。

「お帰り……」

奥の部屋から出迎えに現れた父も、かなり疲れ切った様子でした。

「母さん、やっぱり調子悪いの？」

「すいません……」

「だから、適当に謝ってごまかすなっていつも言ってるだろ」

「ワシはもう訳がわからんです……」

ため息をつきながらも、このまま立ち話をしていても仕方がないと思い直し、私はリビングへと入りました。すると、奥の部屋から母の鋭い声が。

「孝治、『帰って来てはいかん』と言っただろう！」

少しは落ち着いてくれているんじゃないかと、心の奥にあったかすかな希望的観測は、はかなく消えました。


前回と同じようなやりとりを一通り繰り返し、私は母の状態が少しも良くなっていない、むしろ悪化していることがわかりました。ただ、頭ごなしに「病院へ行こう」と言っても、母の態度が頑《かたくな》になってしまうのは容易に想像がついたので、なえそうになる気持ちを奮い立たせながら、できる限り明るく振る舞うことにしました。

「年末、せっかく帰って来たんだから、家をきれいに掃除しようか?」と声をかけた私に対し、母の険しい表情が、ほんの少し和《やわ》らいだ気がしました。母は無類のきれい好き。息子と一緒に掃除することがうれしくないはずはありません。

「いろいろ心配ごとがあるみたいだけど、汚いままより、きれいにしたほうが、ちょっとはいいこともあるんじゃない?」

「でも、私はそんな気分じゃ……」

「とりあえず掃除道具を出そうか」

介護の心構え②

●親との新しい関係を作ろう

「親はいつまでも強く、自分を守ってくれる存在」。

子どもの立場からすると、心のどこかでそんな思いがあるものです。しかし目の前にいるのは、肉体的にも精神的にも弱くなってしまった状態の親。まずはその現実を素直に受け止めましょう。

そのうえで、新しい家族の関係を作ることが大切です。

ここで重要なのは「お世話する側」と「される側」という一方的な上下関係にならないよう、気をつけること。いつのまにか互いの心にゆがみを生む一因となりがちです。

本音をぶつけ合うことができるのは、家族だけの特権。本音の話し合いから新しい関係を作っていきましょう。

収納庫をのぞき込むと、ホコリをかぶった掃除道具一式が現れました。同じ洗剤が異常にたくさんあったり、フローリングクリーナーが三本もあるのに、それに使う不織布《ふしょくふ》がなかったりと、気になるところもいろいろ……。

「よし、夕飯の買い物と一緒に、足りない掃除道具も買いに行こう」

「いや、私はこの家を離れたくない……」

「どんな掃除道具がいいのか俺にはよくわからないから、母さんが教えてよ」

とりあえず引きこもり状態から少しでも解放しようと、私は懸命に母を説得しました。

「お前がそこまで言うなら、仕方ない」

そう言って外出の準備を始めた母の表情は、確かに微笑んでいるように見えました。

大きなショッピングセンターの駐車場に車を停め、店内に入った私たちは、掃除道具などの日用品を売っているコーナーへ足を運びました。

「たまにはこうやって買い物に来るのもいいでしょ？」

「そうだなぁ……」

「俺が子どもの頃は、母さんと二人でよく買い物に行ったもんね」

「そうそう、お前はいつもスーパーの屋上の乗り物に乗りたがって、さんざん遊んだあとは疲れてオンブさせられたりして大変だった」

「それ、いつも言われるけど、幼稚園に入る前の話でしょ」

懐かしい話をしながら、母は本当に久しぶりの笑顔を見せてくれました。

窓ガラスのクリーナーや新しい蛍光灯などを選びながら、私は内心「やっぱり外に連れ出してよかった。こうして少しずつ心を解きほぐして、近いうちになんとか病院に連れて行こう」などと考えていました。

掃除道具だけでなく夕食のおかずなども買いたかったので、「歩き疲れた」という父を店内のベンチに座らせておくことにしました。自動販売機で缶コーヒーを買い、「これでも飲んで待ってて」と手渡す私に、父は「ありがとう」と答えます。

食料品売り場へ行くと、母は久しぶりの買い物が楽しいようで、「今日は孝治が好きな野菜炒めを作ってやる」と、私を引っ張るように野菜コーナーや精肉コーナーへと連れて行きます。

「母さん、あんまり作りすぎても残っちゃうから、もうちょっと少なめで」

「昔の孝治は、これぐらいでは全然足りなかった」

「いや、だから、それは中学や高校の食べ盛りのときのことだし。おじさんになった今、そんなに食べたら体に悪いって」

「じゃあ、果物はどうだ? ミカンやリンゴを買おう」

「まぁ、それぐらいなら」

そんな他愛《たあい》もない話をしながら、翌日の朝食用にパンと牛乳、チーズなども買い、父の

介護の心構え③

●こまめに話しかけよう

生真面目なお年寄りほど「誰かに迷惑をかけてはいけない」と、困ったことがあっても内緒にしてしまうことがよくあります。また、体や心が思い通りにならないなかで、とまどいや不安、苛立ちが募るのは、むしろ自然な状態ともいえます。

こうした相手と接するのに大切なのは、ちゃんと目を見て話をすること。

昔の思い出話、お天気の話、食べ物の話など話題はなんでもよいので、ゆっくりと大きな声で話しかけてあげましょう。気軽に話し合うなかで、親の心身の変化やうまく口に出せない希望などが見えてくるものです。

待つベンチに戻りました。しかし、そこに父の姿はありません。

「あれ？　トイレでも行ったのかな？」と周囲をキョロキョロと見回す私。

「だから、買い物になんて来たらダメだったんだ……」

せっかくの和《なご》やかな空気が一変し、母の顔つきが、みるみるうちに険しいものに変わっていきます。

広い店内を探し回り、ようやく父を発見したのは、店内に併設されているファストフード店。父はうれしそうにハンバーガーとポテトを食べていました。

「……こんなとこで何してるんだ？」

「おぉ。これ、うまいぞ」

「いや、だから俺たちが夕食の買い物をしてる間に、なんで飯食ってるんだよ？」

「だって、お腹《なか》が減ったもんで……」

「勝手にいなくなるから、さんざん探したんだぞ。三〇分やそこら、おとなしく座って待つこともできないのかよ……」

なぜ怒られているのか理解できないらしく、父は不満そうな顔をしていました。そしてまだ、あきらめずにハンバーガーの残りを頬張っています。

「今、好きなだけハンバーガー食ったんだから、父さんは晩飯抜きね」

「えっ……。なんで、そんなひどいことを言うんだ？」

「だって、ハンバーガー食ってすぐに晩飯にしたら、体に悪いだろ」

みるみる父はしょんぼりとし、哀れみを誘うような声で言い訳を始めました。

「まさか夕食の買い物をしているなんて思わなかったもんで……」

「ちょっと小腹が空いたもんで……」

「ズボンのポケットに財布が入っていたもんで……」


あまりにツッコミどころの多すぎる話に付き合うのが馬鹿馬鹿しくなり、私は横にいる母のほうを振り向いて、三人で一緒に帰ろうと話しました。しかし母は、すでに先ほどまでの明るさを失い、何かを恐れるような表情をしています。

「孝治、父さんが誰に連れて来られたかわかるか?」

母の質問に、私は頭を抱えそうになりました。せっかく明るい兆《きざ》しが見えそうな感じだったのに……。

「父さんが勝手に来て、勝手に食ってただけだから。心配して損したね。このまま置いて帰ってもいいぐらいだよ」

努めて明るく冗談交じりに話す私に、両親からそれぞれ反発の声が返ってきました。

「なんでお前にはわからない。アイツらのせいに決まっている」

「孝治、ワシは何も悪いことしてないのに、なんでそんなことを言うんだ?」

結局、二人を実家に連れて帰るのに、私はかなりの労力を払うことになりました。

実家に戻る車の中でも、母の妄想と父のくだらない言い訳を聞かされ続け、「いい加減にしろ！」と怒鳴りたいのを、ぐっとこらえ続けました。

なかなか、うまくいかないなぁ……。

それまで私の意識や心配の念は、心を病んでいるであろう母に向けられていましたが、どうやら父親にも油断がならないことがわかり、苛立ちと困惑が私の中に広がっていきました。

足を引っ張る父。

家に帰った私は、必死で苛立ちを抑えながら、母に対して明るく掃除をしようと呼びかけました。最初は「それどころではない」「誰かがさらいに来る」などと言って取り合ってくれませんでしたが、私が実際に掃除を始めると、「そんなに適当にやったんじゃ掃除にならない。ちょっと貸してみろ」とひと言。一緒に掃除をし始めた母の表情は、次第に柔和なものへと変わっていきました。

時間は一七時頃。普段ならそろそろ夕食の準備を始める時間ですが、今日は母の気分を落ち着かせるのが最優先。一区切りついたあとで、翌日の朝食用に購入しておいたパンでも食べればいいかと考えていました。

そんな様子を、父が何か言いたそうにうかがっています。父の性格やこれまでの行動からいって、手伝いを買って出るわけはないだろうし、ファストフード店の一件を謝る気なのかなと思って「どうした。何か用？」と声をかけてみると、「そろそろ晩ご飯の時間ですよ」と答える父。

「はぁ？」

「いや、そろそろ晩ご飯の時間ですよ」

「あの、聞こえなかったってわけじゃなくて。何言ってんの？」

「だから、掃除なんてつまらないことやめて、そろそろご飯の準備をしてくれないかな、と」

「あのなぁ……」

私は怒りを押し殺しながら父に向き合いました。

「『つまんないこと』って何だよ。俺がどういう気持ちで掃除してるかわかるか？　勝手にハンバーガー食ってたヤツに食わせる飯なんかねーよ」

「なんで、そんなひどいことを。あとでお前らだけでおいしいもんを食べようとしてるんだろ」

「そんなはずないだろ。掃除の邪魔だから、とりあえずそこをどいて」

すると父は必死の形相で訴えかけてきました。

「親をそんなにないがしろにするなんて、お前はどういう息子だ。母さんからも言ってやってくれ！」

母のほうに目をやると、掃除の手を止めて小さな声で何かをつぶやいています。

「どうした？」と聞くと、「そんなに大声を出したら、アイツらがやって来る……」と震えた声で答えました。

「いや、そもそも『アイツら』なんていないから」

「孝治と父さんが言い合いするのも、アイツらがやらせているに違いない」

「そんなことないって」

そこへ父が割って入ります。

「そんな話はいいから、そろそろご飯を作ってくれ」

今思っても、このとき父に手を上げなかったのは、自分自身のことながら褒《ほ》めてやりたいぐらいです。結局、その日の掃除はやりかけの状態で打ち切り。

翌朝、「知らないヤツが家に上がり込んで掃除している」との母の訴えを聞き、私はまた頭を抱えることになりました。

実家の大掃除や片付けに追われて丸四日。あっという間に大みそかです。

私や母がせっせと掃除をしているなか、父はリビングのソファに座り、ゲーム機で将棋や囲碁などをして、大声で「よーし、勝ったがやー」などとうれしそうにしていました。

「まぁ、邪魔さえしなければいいか」

私はそんなことを考えつつ掃除機をかけていたのですが、さっき掃除したはずのリビングの床がどうもざらついている気がします。カーペットが傷《いた》んできたのかと思ったものの、もう一度掃除機をかけてみると、何かを吸い込む手応えが。不思議に思いながら別室に掃除機をかけ、再びリビングに戻ってくると、またもや足の裏にざらつく感触が。カーペットに顔を近づけて見てみると、干からびた米粒やお菓子などのかす、切り終わった爪などが散らかっていました。

私が顔を上げると、ちょうど父が鼻くそをほじり終えて、それを床に飛ばすところでした。

「何やってるんだ?」

「鼻くそほじってたところだ」

「いや、それは見ればわかるけど、なんで床に捨てる?」

「こんなもん、とっといても仕方がないがや」

「いやいやいや、そうじゃなくて、なぜゴミ箱に捨てない?」

「はぁ、すいません」

「だから『すいません』とか言いながら、残りを床に捨てるなって」

「父さんは、いつもそうだから」

いつの間にか私の背後にいた母が私に声をかけました。この三日、私とベッタリ一緒に過ごしているせいか、日中などは精神的に少し落ち着いているようです。

「昔から脱いだら脱ぎっぱなし、食べたら食べっぱなし……」

そんなことを話しながら、再び父のほうに目をやると、おいしそうに豆菓子を口の中に放り込み、手についたかすを床に捨てていました。この父と一緒に暮らしながら、家をきれいな状態に整えるのは、かなり大変だったことでしょう。

大みそかは毎年恒例のすき焼き。母に下ごしらえを頼んだところ、時折笑顔を見せつつ包丁を振るっていました。私はサービス役に専念。両親に肉や野菜を取り分けたり、小中学生の頃の思い出話をしたりと、一家団欒《だんらん》の時を過ごしました。

久々のごちそうに夢中になった父が、「うまい、うまい」と言いながら、テーブルの上にも床にも食べかすをこぼしまくったのは、ご愛敬といったところでしょうか。

わかった。病院に行こう。

元旦、私は夜が明ける前に目を覚ましました。窓から夜明け前の寂しい町並みを見つめ、これからどうしようかとあらためて考えました。

わずか数日ですが一緒に暮らしたことで、母の精神状態はかなりマシなように感じられます。このまま私が同居すれば、さらに回復するような気もします。

「……こっちに帰って来ちゃおうかな」

そんな言葉をつぶやきながら、それが現実的ではない選択肢であることも私にはわかっていました。当時の私の仕事は販促関連のプロデューサー。大都会以外で、こんな職種の求人はまずありません。かといって、三〇代半《なか》ばから未経験の職種で転職先を探すというのもリスクの高い話です。

同居することで一時的に親は喜ぶでしょうが、暮らしていくための金を稼げない状態で、私の妻子や親、そして私自身が長く幸せに暮らしていけるとは思えません。

「いずれにせよ、やっぱり病院に連れて行くしかないよな……」

私が最初からわかっていたはずの結論に達する頃には、窓の外の景色は白々と明るくなっていました。

階段を下りると、すでに母は起きていました。

「おはよう。そして明けましておめでとう」と声をかけると、「あぁ、おめでとう」と返事をします。どうやら、今日も調子は悪くなさそうです。

父が起きてくるのを待って、朝食が始まりました。

我が家の雑煮《ぞうに》は、もち菜という小松菜の親戚のような野菜だけを入れ、角切りのお餅をすまし汁に入れたシンプルなものです。子どもの頃からずっとそれを食べてきたのですが、このとき母が作ってくれた雑煮は、何か特別なものに感じられました。

介護の心構え④

● 一人で介護を抱え込まない

いったん始まると、いつまで続くのかまったく予測できないのが介護というものです。すべてを一人で抱え込んでしまうと、心身ともに疲れ切ってしまい、共倒れになりかねません。

まずは家族とよく話をして、介護におけるそれぞれの役割分担や協力態勢を築くことが大切です。

また、地方自治体などが提供する公的サービスや、さまざまな種類がある民間サービスを活用しながら、無理なく続けられる介護方法を見つけていきましょう。

ほどなくして朝食が終わり、片付けようとする母をとどめて私は話し始めました。

「来週か再来週、有休を取ってまた帰って来るから、一緒に病院に行こう」

母はハッとしたような目で私を見つめました。

そこへ父があわてて口を挟《はさ》みます。

「母さんにはワシがついてるから大丈夫だ」

「黙ってろ」

「ワシから母さんを取り上げないでくれ」

「うるさいって言ってるだろ！」

父に構うことなく、母は私の目をじっと見ながら言いました。

「孝治は私が邪魔なのか？」

「そんなはずないだろ。俺はただ、前の母さんみたいによく笑って、明るく暮らせるようになってほしいだけだよ」

「……」

「やっぱり、これまで母さんが言ってることってどう考えてもおかしいよ。病院っていうと怖いかもしれないけど、一緒に行ってあげるし、一度専門家の声を聞いてみよう」

「……わかった」

「え？」

「孝治がそこまで言うなら、病院に行こう」

「……うん。ありがとう」

情けない話ですが、私はこのとき涙をこらえるのに必死でした。

見失っていたもの。

正月休みを終え、大阪へと戻る私は不安でいっぱいでした。私がいなくなる日が近づくにつれ、母の調子が明らかに悪くなっていったからです。話をしていても視線は定まらずにキョロキョロと周囲をうかがい、何かに怯えています。食事を勧めてもなかなか箸を付けようとせず、ひと口食べてはウロウロと家の中を歩き回ろうとします。

「少しは落ち着いて、座って食べたら?」

そう声をかけた私に、「これが落ち着いていられるかっちゅーの」と、無理やり冗談めかして返答する母の姿は痛々しいものでした。調子が悪いなりに、私に心配をかけたくない気持ちが伝わってきます。

父はというと、これまた相変わらずでした。着替えたあとの下着などはそこらに脱ぎ散らかしたまま。家事を手伝うそぶりなど微塵《みじん》もなく、時間がきたら「お腹が空いた」「そろそろご飯の時間です」などとアピールするだけ。

……今まで自分は何を見ていたんだろう。

数日間にわたって両親とベッタリ一緒に付き合ってみて、私はさまざまなことを考えさせられました。大学に入って一人暮らしを始めてからは、年に数回実家に帰省するものの基本的には〝お客さん〟待遇で、父と母が毎日どんなふうに過ごしているかなんて気にしたこともありませんでした。でも、ごく普通の日常生活を維持するためのほとんどすべてが、小さな母の肩にかかっていたのです。

父は若かった頃、あまり家庭を顧《かえり》みることなく、金銭面や女性関係などで、母は苦しい日々を過ごしてきました。幼い頃の私も、父が母に暴力をふるうのを止めに入ったり、母に「一緒に死のう」と言われて泣いて止めたりと、あまり思い出したくないような経験をしています。

そんななかで母に守られ、育ててもらった私ですが、大人になり、結婚して、自らに子どもができるという歩みのなかで、いつしか大切なものを見失っていたようです。

父が運転する車で駅まで送ってもらった私は、「母さん、また電話するね」と声をかけました。

「うん……。楽しみに待ってる」

すると、横から父が口を挟みます。

「孝ちゃんからの電話をもらうと、勇気百倍です」

「とりあえず『元気』とか『大丈夫』とか嘘をつくのはやめてくれ」

「なんでそんなこと言うの。ワシは嘘なんかついたことないがや」

そんな父を無視して、私はまた母に話しかけました。

「いろいろと心配なことがあるんだろうけど、これからは俺がついてるから。一緒に病院に行って、どうすればいいか相談してみよう」

母は落ち着かない表情のままで、「病院なんて行って、本当に大丈夫か?」と答えます。

「うん、大丈夫。母さんは、何があっても俺との約束は守ってくれるよね?」

「そうだな、孝治との約束だもんな……」

一瞬、間が空いたあと、母は私をしっかりと見つめて言いました。

「心配するな。お前との約束は守る」

こうして私は、大阪へと戻りました。


大阪に向かう電車の中で久しぶりに携帯のメールを確認した私は、ドッサリとたまった広告メールに紛れて、三重に住んでいる旧友たちからの「一緒に飲もう」というお誘いに気づきました。そういえば、例年なら一回や二回は飲み会をやっているはずです。親の状況が読めなかったので、いつ帰省するかすら、友人たちに連絡できていませんでした。携帯を閉じながら、私は心の中で友人たちに詫《わ》びました。

「ごめん。しばらく会えそうにないや」

第二章
母の入院。

クリニックへの遠い道。

大阪に戻ったあとも、私は仕事の合間を縫って毎日母に電話をかけました。もともとプレッシャーに弱い性格の母は、どうにも不安が抑えきれないようで、「やはり病院に行ったら大変なことになる」「病院に行っているうちに家財道具をすべて盗《と》られてしまう」などと訴えかけてきます。それでも私が「約束は約束。守るって言ったのは母さんでしょ?」と言うと、「うん、それはわかってる……」と、不承不承《ふしょうぶしょう》ですが同意してくれました。

もちろん、父ともいろいろと電話で話をしました。

「毎日元気です。母さんもかなり落ち着いた様子です」

「……いや、さっき話した感じだと、結構不安そうだったけど」

「ワシがついているから大丈夫です」

「それも信用できないなぁ」

「病院なんて行く必要ないと思います」

「それはダメ。母さんに余計なこと言うなよ」

あとでわかったことですが、実はこの時期、母の精神状態はかなり悪化しており、近所の人の家を何回も訪ねて、「毒入りの風呂に入りますから、家財道具を返してください」とお願いしていたそうです。今思えば、よく警察に通報されなかったなぁ、と思います。

初診日、有休を取った私は早朝の電車で実家へと向かいました。

正月休みが終わってから一〇日もたっていなかったのですが、実家はやはり荒れた感じになっていました。ダイニングテーブルには、いつのものかよくわからない食べかけのご飯が置かれています。ふと気になって炊飯ジャーを開けてみると、変色したカチカチのご飯が溢れんばかりに詰まっていました。

他にもいろいろと気になるところがありましたが、この日の最大の目的は母を病院に連れて行くこと。私は努めて明るく、両親に話しかけました。

「お待たせ。予約した時間には少し余裕があるけど、保険証を持って出かけようか」

母の顔つきは完全に強《こわ》ばっていました。

「それがダメなんだ」

「どうして？　約束したじゃない」

「確かに約束は約束だけど、父さんが死んだから……」

「え？」

母の横には父が所在なげに立っていました。

「父さん。これ、どういうこと？」

「なんか知らんけど、何日か前からワシが死んだ、ワシが死んだと言うようになって、一緒に葬式用の写真を撮りに行かされた」

「……」

「ワシはもう、どうしていいかわからんので……」

私は母に向かい、もう一度話しかけました。

「母さん。いろいろと心配なことがあるかもしれないけど、今はとりあえず息子である俺のことを信じてくれないかな？　なんでこんなに不安が出てくるのか専門家に相談してみよう」

「……わかった。孝治がそう言うなら」

実家に迎えに来てよかった……。ホッとしながら、私は心からそう思っていました。

クリニックに出かけるまでが、また一苦労でした。

「家の中に侵入してくるヤツらに盗られないように」とのことで、母が保険証をどこかに隠してしまっていたからです。なんとか隠し場所を聞き出そうとしたものの、「二度と保険が使えなくなってしまう！」と言って教えてくれません。

少し考えた私は、ある詭弁《きべん》を思いつきました。

「母さん、さっき『父さんが死んだ』って言ってたよね」

「そうだ、だから大変なんだ」

「だったら、そもそも父さんの名前の保険証なんて使えないし、隠してても意味がないんじゃない？」

「……あ」

介護の心構え⑤

●相手の気持ちを考えよう

認知症や体のマヒなどによって介護が必要なお年寄りも、独立した人格をもった人間です。言動や行動に問題が現れようとも、周囲の人間がお年寄りの尊厳を粗末にすることはいけません。

幼い頃、親がどんな気持ちで自分を育ててくれたのかを思えば、あなた自身がどのように振る舞えばいいのか、自ずとわかるはずです。

状況に応じて、ときには優しく、ときには厳しく接しながらも、かけがえのない家族として向かい合う気持ちだけは忘れないようにしたいものです。

「変な書類を持ってて、母さんの心配のタネを増やすのも困るし、俺が手続きしておくよ」

「……そうか。そうしてもらったほうがいいかな」

ここで父が口を挟みます。

「なんでぇ。ワシは死んどらんがや」

「いいから、黙ってろ」

「だって、まだ死にたくないがや」

「うるさい」

ぐずる父を睨みつけ、強引に黙らせた私は、母の顔をのぞき込みながら言いました。

「母さん、俺のこと信じてる？」

「そりゃ、もちろん……」

「俺が母さんのためにならないことすると思う？」

「いや、でも心配だし……」

「信じてくれているのなら、保険証を出してくれないかな」

「わかった……」

どうにか保険証を持ってきた母と不満げな父を車に乗せると、私は町役場へと車を走らせました。駐車場に車を停めた私は、両親を車内に待たせたまま町役場の中に入り、三分ほど時間を潰《つぶ》してから戻りました。

「母さん、今、役場で調べてもらったんだけど、この保険証はまだ使えるんだって」

「おぉ、そうか」

「で、いろいろ聞いてきたんだけど、父さんは死んでないみたいだよ」

「……それは本当か?」

「うん。なんかパソコンで調べてくれたんだけどね」

「嘘じゃないのか?」

「うん」

いや、もちろん私の三文芝居なんですが、母はすっかり信じてくれたようでした。

「よかった~、やっぱりワシは生きていたがや」

どうやら父の機嫌も直った模様。私は苦笑しながら、「じゃあ、ちょうどいいぐらいの時間になったし、クリニックへ行こうか」と両親に声をかけました。


津市内にあるクリニックまでは、実家から車で三〇分弱ぐらい。

助手席に座った母は、緊張からか、なんらかの妄想からか、キョロキョロと落ち着かない様子でした。そして、誰に聞かせるともなく心配ごとをつぶやいています。

「家は大丈夫だろうか?」

「家に火を付けて燃やされてしまう」

「エアコンが壊されてしまう」

「庭の芝生に近所の猫がウンコする」

介護の心構え⑥

●大切なものはまとめておく

急な病気などであわてているときに限って、保険証が見つからない。

そんな事態を避けるためにも、健康保険証や老人医療受給証、診察券、お薬手帳などは袋などにまとめて、いつでも持ち出せるようにしておきましょう。

救急車のお世話になることを考えれば、かかりつけ病院の病院名・受診科・主治医・診察券番号・主な症状などをまとめたメモを用意しておくと、さらに安心です。

心配な気持ちで注意深く耳を傾けていた私は、思わず笑いそうになりました。

「猫のウンコは、どうでもいいだろ」

「いや、それが何匹もやって来て、臭《くさ》くてたまらんのだ」

「それって、どこの猫なの？」

「一匹は○○さんのところのだけど、あとはよくわからん」

「俺、あんまり見たことないけど、どんな猫なの？」

「大きな白いのが○○さんのところの猫で、他には三毛《みけ》と……」

どうやら母の注意を猫の話に引きつけることに成功した私は、内心しめしめと思いながら適当な質問を挟んでいきました。このままクリニックまで持ちこたえられるといいなぁ。

そんなことを考えていると、おもむろに父が会話に割り込んできました。

「あの～、すいません」

「ん？　どうした父さん？」

「小便がしたいです」

「もう少しだから、クリニックまで我慢して」

母が心配そうに、「いったん、家に帰ったほうがいいんじゃないか？」と言います。「いや、もう半分以上来ちゃってるし、戻るぐらいならこのまま行ったほうが早いよ」。そう答えながら、私はそっとため息をつきました。

初めてのクリニック。

ようやくクリニックの前までたどり着いた私は、両親を車から降ろし駐車場へ。駐車を終えて戻ってくると、母が一人で所在なげに立っています。

「あれ、父さんは?」

「ヤツらに連れて行かれた」

「いや、そんなはずないよ……」

周辺をキョロキョロと探しながら、父がトイレに行きたがっていたことを思い出しました。

「トイレに行くとか言ってなかった?」

「わからん。もう父さんは戻ってこないとヤツらが言っている……」

「『ヤツら』って誰だよ?」

「わからん」

「父さんは俺が探すから、クリニックの受け付けを済ませよう」

受付に予約している旨《むね》を伝え、渡された問診票に必要事項を記入していると、「もしかして、さっきすごい勢いで入ってきて、そのままトイレに行ったおじいさんの身内の方ですか?」と事務の人に聞かれました。

「ええ、多分それは私の父です」

「お父様も受診されるんですか？」

「いえ、母だけですが、……何か？」

「声をかけたのですが、返事もしてもらえなかったので。……失礼しました」

問診票を書き終わった頃、父が待合室の奥にあるトイレからニコニコして出てきました。

「スッキリしたよ」

「いや、スッキリしたのはいいんだけどさ……」

「いっぱい出たよ」

「まぁ、それも悪いことじゃないんだけどさ……」

「あ～、ホッとしたぁ」

「もういいや。今度から、『ここで待って』って言われたら、勝手にどっか行っちゃダメだよ」

「そんなこと、したことないがね～」

一瞬、「どの口で言ってるんだ！」とツッコミたくなったものの、場所が場所なのでグッとこらえました。ふと、横に座っている母を見ると、診察を前に緊張しているのか、思い詰めた表情になっています。

「俺もついてるし、そんなに緊張しなくていいから」

「……」

「父さんも無事に帰ってきただろ？」

「……」

「先生に聞かれたことに素直に答えるだけでいいんだから」

「……お前には……」

「ん？」

「お前には、これだけ大声で『今すぐ家に帰れ！』と言ってるのが聞こえないのか？」

今すぐにでも席を蹴って帰りそうな母の様子を見かねたのか、看護師さんが母の隣まで来て、視線を合わせるようにしゃがみ込みました。

「こんにちは」

「……こんにちは」

「今日が初めてですか？」

「……はい」

「今はしんどいかもしれないけど、きっとラクになるから心配しないでね」

「……はい」

この会話のあと、母は不思議なほど落ち着きを取り戻しました。さすがはプロ。「このクリニックなら、母を治してくれるはず」と、私の期待感も自《おの》ずと高まります。

そして、とうとう母の受診の順番が回ってきました。診察室に入ると、五〇代と思われる医師が座っていました。内科などと同じく、ごく普通の雰囲気です。

「患者さんは、こちらに座ってください。付き添いの方は、その横に」

指示に従《したが》って座ると、医師は問診票を見ながら質問をしてきました。

「いろんな心配ごとが出るようになったのは、いつ頃ですか？」

「えぇっと……」

「あ、息子さんじゃなくて、お母さんに答えてもらいたいんですが」

私としては心配で仕方がなかったのですが、医師の指示には従うしかありません。

母はゆっくりと答え始めました。

「それまでもありましたが、去年の夏ぐらいからが特にひどいです」

「何か変な声が聞こえているようですが？」

「えぇ、『○○しないと殺してやる』とか『すべてを奪ってやる』とか、いろんなことを言ってきます」

「そういう声が聞こえてくるのは、イヤですか？」

「もちろんです。どうにかして変な声が消えてほしいです」

「ご家族の方は心配しているようですか？」

「はい。息子や主人のためにも早く治したいです」

母が医師の質問に答える間、私はバカみたいな顔でその様子を見つめていました。

なんでこんなにしっかりと応対できてるの……？

ついさっきまで「父さんがさらわれた」などと言っていたとは思えません。

介護の心構え⑦

●病院の選び方&かかり方

なるべく近所で定期的に健康チェックなどを受けられる、かかりつけの病院を作りましょう。将来、介護保険の申請を行うことになった場合でも、主治医として意見書を書いてもらえるので助かります。

また、処方箋薬局もなるべく同じところにして、どんな薬を飲んでいるかがわかる「お薬手帳」を作っておくと、いざというときに役立ちます。

かかりつけ病院を選ぶのに迷ったときは、系列の法人が介護サービスなどを行っているところを探してみるのも一つの方法です。こうした病院の場合、地域のクリニックと密接に連携をはかっているところが少なくありません。

そのクリニックに日頃からお世話になっていると、大きな病気をしたときにスムーズに医療情報が受け渡しできるだけでなく、将来的に介護サービスを受けたくなったときにも相談に乗ってもらいやすくなります。

「では次に息子さん」

「……あっ、はい」

「お母さんの様子が普通じゃないと気づいたときの話を聞かせてください」

私は前年夏のことを中心に、これまでの経緯をかいつまんで話しました。

「なるほど。それは大変でしたね」

「いや、でも母自身がこうやって『治したい』と言ってくれてるんでうれしいです」


「最後に、ご主人」

「はい」

「ご主人から見て、奥さんの様子で特におかしいと思うことはなんですか？」

「家の中で落ち着きなくウロウロしているぐらいで、特に変なところはありません」

「ちょ、ちょっと待って」

「息子さん、どうしましたか？」

「父さん、今日だって母さんに自分が死んだことにされて、役場まで大丈夫だって確認に行ってきたところでしょ？ それ、十分すぎるぐらい変じゃない？」

「はぁ、すいません……」

「だから、謝らなくていいから。しっかりと母さんの様子を先生に伝えて」

「はい。最近あまりちゃんとした食事を作ってくれないんですが」

私はイライラしていましたが、診察室で父を叱りつけるわけにもいきません。

「ほぅ、食事を作らない」

「はい。だからワシはお腹が減って、お腹が減って……」

医師は母のほうを向いて、質問をしました。

「奥さんはもともと料理が好きでしたか?」

「はい」

「じゃぁ、なんで料理をしなくなったんですか?」

「何かしようと思っても、いろんな声が気になってそれどころではないんです」

この後も、しばらく医師からの質問は続き、診察は無事に終了。精算が終わったあと、待合室で母親をなだめてくれた看護師さんが処方箋《しょほうせん》薬局まで付き添ってくれました。

「今は苦しいかもしれないけど、うちの先生がきっと治してくれるから」

「はい」

「いい息子さんやご主人がついててくれるんだから」

「はい」

私は看護師さんのかける声に応える母を横目に見ながら、苦労したけどクリニックに連れて来て本当によかったなぁ、などと考えていました。

安堵と不安。

薬局で薬を受け取った帰りの車の中、父はやたらと上機嫌でした。

「さっきのところなら、ワシでも車で母さんを連れて来れるし、安心だ」

「これで、もう母さんは治ったようなもんだ」

「安心したら、お腹が空いたがね。母さん、何かおいしいものを作って」

私も「いくらなんでも気が早すぎる」と父をたしなめたりはするものの、ようやく専門家の前に母を連れて行き、問題解決の糸口が見つかったことにホッとしていました。

多少は時間がかかるかもしれないものの、あの医師たちならきっと、悩める母を本来の優しい母に戻してくれるに違いない、と。

当事者である母は静かに助手席に座っていました。私が見る限り、あまり動揺している様子はありません。

「母さん、今日はクリニックに行ってくれてありがとう」

「……あぁ」

「良さそうな先生でよかったねぇ」

「そうだなぁ」

「母さんが『早く治したい』と言ってくれて、うれしかったよ」

「……」

「ん？　どうした、母さん？」

母からの返事がなくなり、私はハンドルを握ったまま横目で様子をうかがいました。

母は少し放心したような顔をしています。

「母さんは人見知りがきついから、緊張したんじゃない？」

「……」

「ワシは、お鍋が食べたいです」

「父さんはちょっと黙って。母さん、しんどかったら目をつぶって休んでてもいいよ」

そのとき、母が口を開きました。

「……孝治、家が大変なことになっている」

「えっ？」

「言いつけを破って病院に行ったから、家を奪われてしまった」

「ちょっと母さん、急にどうした？」

「『今さら帰って来ても遅い、お前らの居場所はない』と、みんな言っている」

「だから、みんなって誰のことだよ」

それまでのうれしい気持ちが一気に吹き飛んでいきます。今思えば、一回診察を受けただけで母が治るはずなどありません。ただ、そのときの私は「冷や水をかけられる」を地でいくような気分でした。


「水炊きもいいけど、おでんもいいなぁ。なぁ、母さん」

「だから、父さんは黙ってろって！」

「なんでぇ……」

「母さんの様子が、またおかしいのがわからないのか？」

「そんなの、今日もらった薬を飲んだら、一発で治るがね」

横から母が口を挟みます。

「それは薬じゃなくて毒だ」

「いや、そんなことないって」

「みんながそう言っている」

「だ、か、ら、みんなって誰!?」

「孝治、そう大きな声を出すやない」

「母さんが変なことばかり言うからだろ！」

私は道路沿いのコンビニの駐車場に車を停め、母と向き合いました。

「母さん……。母さんにはいろんな声が聞こえてきて苦しいんだろうけど、少しずつ治していけばいい。お願いだから、俺を信じてくれ」

「……うん」

母の返事を聞いて少し安心した私は店に入り、昼食用として三人分のおにぎり、両親の夕食用として弁当を買いました。

「あれ？　お鍋は……？」

「まだ言うか……」

いやしい父に呆《あき》れながらも、そのやりとりを聞いてクスッと笑った母の顔を見て、私の心はまた穏やかなものになりました。

入院しましょう。

紆余曲折《うよきょくせつ》があったものの、週に一回のペースで母はクリニックに通うようになりました。毎週私が仕事を休んで付き添うわけにもいかないので、送迎は父の役目です。

これでどうにか快方に向かってくれるはず……。

私は元通りの優しく明るい母に戻ってくれる日を心待ちにしていました。

しかし、母の妄想や幻聴は特に軽減することもなく、二カ月がたちました。

三月の初め。仕事をしている私の携帯電話が鳴りました。発信者名を確認すると、しばらく前に緊急連絡用として買い与えた両親用の携帯電話からです。

「孝治、大変だ!」

「ん、どうした?」

「母さんが、母さんが……!」

「どうした? 母さんに何があった?」

職場のみんなが私のほうを見ていますが、そんなことには構っていられません。

「母さんが入院……」

「えっ？　急に入院したの？　今通っている心の病気で？　それとも別の病気か怪我《けが》？」

「ワシはもう、どうしてよいのか……」

「いや、とにかく落ち着け」

焦る気持ちをこらえ、ちょっとしたパニックになっている父をなだめていると、電話の向こうから「父さん、そんなに騒ぐやない」と母の声が聞こえてきました。

どうやら、母の命に別状はないようです。

「父さん。まず母さんに電話を代わって」

少しして母の声が聞こえました。

「……もしもし？」

「あ、母さん。何か急なことでもあったの？」

「……それが孝治、エライことだ」

母の声のトーンも、何かいつもと違う気がします。

「ん？　どうしたの？」

「今日クリニックに行ったら『うちでは治しきれないから、専門の病院でしばらく入院しましょう』って」

ふぅ〜っ……。

母の話を緊張して聞いていた私は、思わずため息をつきました。

もちろん通院だけで治ってくれるのがベストですが、治療の流れの一つの可能性として、入院することも十分にありえると考えていたからです。

「なんだ、もっと大ごとかと思ったよ」

「こんな大ごとがあるもんか！」

珍しく、母の怒声《どせい》が聞こえます。

「ごめん、ごめん。母さんが大怪我でもして死にかけてるのかと思ったから……」

「そのほうが、よっぽどマシだ」

「いやいや……」

「こんなことなら、医者になんか診《み》てもらうんじゃなかった」

「あのな……」

「私はもう、生きていけない」

「いい加減にしろ！」

再び、職場全員の注目が私に集まりました。明らかに普段と違う様子の私を、みんな驚いた顔で見つめています。

「とにかく、今日の仕事を早く片付けて、二三時過ぎになるけどそっちに帰るから、それまでおとなしく待ってて！『しっかり治す』って約束したのは母さんだろ！」

携帯電話を切り、さっきとは違ったため息をついた私に、隣の席の同僚が「横井さん、なんかよくわからないけど頑張ってね」と声をかけてくれました。

大急ぎで仕事を片付けて大阪から三重に戻り、母の入院についての話し合いを行うことになった私。母に納得してもらうのは、かなりの労力が必要でした。変な言い方ですが、なだめたり、すかしたり、ときには脅したり。最後の一押しとなったのは、「母さんは実の息子である俺と『しっかり治す』って約束したのを破るの？　嘘をつくの？」という、逃げ場を奪うような私の言葉でした。

「孝治がそこまで言うなら……」。母がそう答えてくれたときには、「えっ、本当に？」と聞き返してしまいました。

父の説得もまた、一筋縄ではいきません。

「ワシから母さんを取り上げないでくれ」

「いや、そういうことじゃなくて……」

「ワシの世話は誰がしてくれるんだ？」

「それは俺も協力するから」

「ワシは母さんの作ったご飯が食べたい」

「あのな……」

「ワシは……」

「……」

「ワシの……」

「……」

「ワシが……」


「ちょっと黙れ」

放っておくといつまでも話し続けそうな父を無理やり黙らせた私は、両親の顔を交互に見ながら問いかけました。

「さっきから聞いていると、父さんの話には『ワシ』しか出てこないけど、母さんに治ってほしいとは思わないの？　母さんがようやく病気と向き合って治療していこうと決心してくれたのに、なんでそれを邪魔するようなことばっかり言うの？」

「だってワシは……」

「父さん、孝治を困らせるやない」

「母さん……」

「孝治が私たちのことを思って、いろいろ言ってくれてるんだから、私たちもそれに応えてやらないと」

母の声はとても小さなものでしたが、とても強く、そして心に響きました。

その言葉を聞き、さすがの父も頷《うなず》くしかありませんでした。

入院の日の朝。

私は翌朝一番の電車で大阪に戻り、いつも通りに出勤。上司や同僚にこれまでの経緯などを簡単に説明し、しばらく迷惑をかけるかもしれない旨を伝えました。職場のメンバーたちは驚き、「無理はするなよ」「何かできることがあったら言って」などと声をかけてくれました。

クリニックおよび入院先の病院とは電話で調整を行い、母は三月下旬に入院することに。当日、朝一番の仕事をどうしても外すことができなかった私は、まず父に母を入院先まで連れて行かせ、午後から病院で合流する予定にしていました。

そして母が入院する日。

私は少しでも早く仕事を終わらせるため、早朝から職場で働いていました。すると実家から私の携帯に電話が。病院に向かうにしてはあまりに早すぎるので、少し不思議に思いながら電話に出ると、「助けてくれ！」と父の叫び声。

「え、どうした!?」

「母さんが、母さんが……！」

「だから母さんがどうした？」

「母さんが包丁を持って『病院に行かない』って！」

「えっ!?」

一瞬、頭の中が真っ白になりました。

「……孝ちゃん、ワシはどうすればいいんだ？」

父の問いかけも、何か遠くから聞こえているような気がします。


病院に行かないって……。

なんで？　あんなに約束したのに、なんで？


「もしもし、孝ちゃん、聞こえてる？」

「あ、あぁ……」

「ワシは、ワシはどうすれば……」

父の情けない声を聞きながら、私は少しずつ冷静さを取り戻していきました。

「母さんと電話を代わってもらうことはできるかな？」

「玄関のところで包丁を構えていて、怖くて近寄れん」

「声をかけて近くに来てもらうのは？」

「ワシが殺されてしまうがね」

「う〜ん……。何か方法がないか考えてみる。すぐにこちらから電話するから、いったん切るね」

「早くしてちょー……」

電話を切った私は、まず母がそれまで通っていたクリニックに連絡をしてみました。しかし朝早い時間だったので、誰にも出てもらえませんでした。

「どうしよう……」

次に私は、入院する予定の病院に連絡をすることにしました。入院治療を行っている病院なら、当然誰かがいるでしょうし、うまくお願いして、母を迎えに行ってもらうことができないかと考えたのです。

幸い電話はすぐにつながり、当直の医師とお話しすることができました。これまでの経緯をかいつまんで伝え、母のお迎えをお願いしようとすると、「申し訳ないですが、私たちの仕事は病院に来た患者さんを治療することで、送迎はできません。どうにかして連れて来てください」と、先に言われてしまいました。

「いや、でも包丁を持って『入院しない』と言っており、素人が手を出せるような状態ではないんですが」

「そうは言われましても……」

「どこか、こういう相談に乗っていただけるところはご存じありませんか？」

「そうですねぇ。警察に連絡されてはいかがでしょうか？」

「……警察、ですか」

病院のアドバイス通り、私は地元の警察に連絡をとりました。さすがに110番に電話するのはためらわれたので、ネットで連絡先を調べて電話。受付の方に事情を話すと、生活安全課というところに電話を回してくれました。担当の警官にこれまでの経緯と、助けてほしい旨を伝えると、「精神障害についてのトラブルは保健所のほうで相談してもらうことになっているんですが」とのこと。

「包丁を構えていることを病院に話したら、『警察に連絡するように』と言われたんですが……」

「う〜ん、確かに自傷他害の危険もありますしねぇ。わかりました、今から準備して、ご実家に向かいます。どこの病院に連れて行けばよいのか教えていただけますか？」

「本当ですか？　ありがとうございます！　病院は……」

警官に病院の名前と所在地などを伝え、何回もお礼を言いながら電話を切った私は、父に報告の電話をかけることにしました。

「もしもし、父さん？」

「あ、孝ちゃん！　ずいぶん待ったけど、どうなった？」

「今、母さんの様子は？」

「玄関のところで包丁を持って座ってる」

「電話、代われそう?」

「勘弁してちょー」

「仕方ないか。もう少ししたら警察の人たちが来て、母さんを病院に連れて行ってくれるから」

「警察? パトカーなんかが家に来たら、体裁《ていさい》が悪いがや」

「そんな場合じゃないだろ!」

「孝ちゃん、それより困ったことが」

「だから、なんだよ?」

「わし、ウンコがしたくなったんだけど」

「トイレぐらい勝手に行けよ!」

「母さんが玄関にいて、怖いがや」

確かに実家のトイレは玄関を入ってすぐのところにありました。

「母さんに『トイレに行かせてくれ』って頼めよ。さすがにトイレに行くぐらいで刺さないだろ」

父との電話が終わったときには、すでに同僚たちが出勤してきていました。

「また何か起きたの?」

「今日、三重に帰るんじゃなかったっけ?」

心配そうに声をかけてくれる同僚たちに事情を話しながら、私は残りの作業を大急ぎで終わらせ、朝一番の会議に臨みました。重要な会議だったのですが、ボロボロの出来だったことが心に残っています。

「私はもう終わりだ」

一一時頃に会社を出た私は、駅に向かう道中で父の携帯に電話をかけました。

「はい。横井さんの携帯です」

父に代わって電話に出たのは、聞いたことのない男性。こちらが誰かを聞く前に、「県警の〇〇と申します。今、お母さんを連れて、もうすぐ病院に着くところです」との回答。先ほど電話で話した警官と一緒に、二人で母を迎えに行ったこと、運転中の父に代わり電話に出ていることなど、テキパキと説明してくれました。

「母の様子はいかがでしょうか？」

「私たちがお宅に伺《うかが》った際には、玄関のところで放心したような感じで座っておられました。『息子さんから連絡をもらいました。一緒に病院に行きましょう』と話したら、素直に聞いてもらえましたよ」

「そうですか、ありがとうございます。今はどうしているのでしょうか？」

「私の横で、じっと座っておられます」

「もしよかったら、母と電話を代わっていただくことはできませんか？」

ほどなく、母が電話に出ました。

「……はい」

消え入りそうなほど小さな声です。

「母さん、大丈夫か？」

「……孝治か？　私はもう終わりだ」

「どうしたの？　少しの間、入院して気分を切り替えて、しっかり治そうって、この間も話したじゃない」

「お前は何も知らないから、そんなことを言う」

「とにかく、俺も大阪を出て病院のほうに向かうから、待っててね」

「……来なくていい。お前まで殺される」

「そんなことはないから。電話、お巡りさんに代わって」

再び電話に出た警官に、私が病院に着く予定の時間などを話し、病院に伝えてもらうようにお願いしました。


電車を乗り継ぎ、私が降り立ったのは普通電車しか停まらないひなびた駅。

急な雨が降ってきたのですが、売店やコンビニはなく、タクシー乗り場もありません。

覚悟を決めた私は、病院に向けて雨のなかを歩き始めました。

しかし、事前に地図で調べてはいたものの、想像以上に道がわかりにくく、大きな病院のはずなのに、なかなかその場所が見つけられません。途中、民家などで道を聞こうとも考えたのですが、目につくのは寂《さび》れた倉庫や畑、林、どぶ川などで、人の気配自体がありません。何か非現実的な世界に迷い込んだような私を現実の世界に引き戻したのは、皮肉にも体温を奪い続ける雨でした。

実際の時間では二〇分ちょっと、私の感覚的には一〜二時間ほど歩き回り、ようやく病院への入り口を発見。病院内に入ったのは一五時近くになっていました。

警官に電話で伝えたのより、一時間近く遅くなってしまいました。

受付で、今日から入院する者の身内であることを伝えると、「あぁ、警察の人と一緒に来られた横井さんのご家族さんですか」との反応。何も間違ったことは言われていないのですが、あまりいい気分はしません。

さらに話を聞くと、どうやら医師が三人がかりで母の診察を行っているとのこと。

古くて広い病院の中を教えたもらった通りに歩くと、診察室がありました。ノックをして入室した私の目に飛び込んできたのは、医師に何かを真剣に訴えかけている母の後ろ姿でした。

診察室に入った私を見た医師は、「息子さん？」と尋ねてきました。

私は「はい」と答え、遅くなったことを詫びました。

「母の状態はいかがでしょうか?」

「現在は見ての通り、落ち着いていらっしゃいます」

「こちらの病院に来院したとき、取り乱したりはしていませんでしたか?」

「朝、電話をいただいてから、当院のほうでもそれなりの態勢をとっていたのですが、警察の方と一緒にこちらに来られたときには、特に騒いだりということもありませんでした」

「……はぁ、そうですか」

私は大事に至らなかったことに安堵するとともに、朝からの騒ぎは何だったんだろうと思っていました。そんな私の気持ちを察したのか、医師は説明を始めました。

「本人に病識がある場合はよいのですが、そうでない場合は入院の際にトラブルになることは珍しくないんです」

「病識……?」

「えぇ、自分が病気であることを本人が認識していることを病識というんです。心の病気の場合、これが難しい人が多いんですよね」

「母の場合、クリニックなどでも『しっかり病気を治したい』などと話していましたが」

「えぇ、横井さんの場合、周囲の説得などで自分が病気であることをある程度理解している半面、病気の影響などから『自分だけが真実を知っている』などと思い込んでしまっ

介護の心構え⑧

●親が体調を崩したら?

親の健康状態について精通しているかかりつけ病院の主治医は、体調の変化があったときに真っ先に相談すべき存在です。診断の結果、専門的な検査や治療が必要と判断した場合は、適切な病院を紹介してくれます。

大きな病院にかかる際は、主治医による紹介状(診療情報提供書)があると、連携がスムーズです。

夜や週末など、かかりつけ病院の主治医と連絡がとれない場合には、夜間・休日急患診療所や在宅当番医に連絡を入れ、診てもらいましょう。

一刻を争うような状況の場合は、救急車を呼ぶことになります。「119番」に通報して、名前、住所、近所の目印となるもの、電話番号、症状などをしっかりと伝えましょう。焦らず、正確に伝えることが大切です。

また救急車が到着するまでの間に、顔色や呼吸、意識などの変化があったら、到着した救急隊員にきちんと伝えてください。

ている部分があって、その振り幅が激しいようですね」

「予定通り入院・治療をお願いできるのでしょうか？」

「もちろんです。ただ、先ほど基本的な身体検査などを行ったのですが、肉体的にもかなり衰弱されているようなので、まずそこを調べてからですね」

「よろしくお願いします」


三人の医師のなかでおそらくリーダー格であろう医師と私が話している間、母は別の医師たちに優しく声をかけられていました。

「立派な息子さんじゃないですか」

「心配をかけないように、この病院でしっかり治しましょう」

母はそれぞれに対して「はい」と頷いていました。


「家内は、いつぐらいに退院できるんでしょうか？」

それまで黙って座っていた父が、急に口を挟んできました。

「今日、ここに来られたばかりなのでなんとも言えませんが、まずは三カ月ほど様子を見させてもらうことになるでしょうね」

「そんなに長くですか？」

「ええ、心の病気の場合、薬による治療が主となるんですが、急にたくさんの薬を使うと副作用などが怖いですし、同じ薬でも人によって効き方が異なるので、少しずつ種類や量を調整しながら状態を観察することが大切なんです」

「家内がいないと困るんですが」

「え？」

「父さん！」

私は父を無理やり黙らせると、医師に非礼を詫びました。

「いや、ご主人が心配される気持ちもわかりますし、私たちも最善を尽くしますので」

「すみません、よろしくお願いします」

「横井さんの場合、ご本人が完全に入院に同意できている状態ではないので、医療保護入院の手続きをさせていただきます。必要な書類などは病棟のほうで署名・捺印《なついん》いただければ結構ですので、そちらでお願いできますか？」

診察室を出た両親と私は、いちばん若そうな医師に先導されて、病棟へと向かいました。

あらためて院内を見回すと全体に古くて薄暗く、そして殺風景な感じです。

「ここは戦前からの建物なので老朽化が進んでいるんです。数年後には新しく建て替えになる予定なんですが……」

そんな医師の言葉を聞きつつ、こんな寂しい感じのところに母を一人で入院させることに対し、私の心は沈んでいきました。

父の涙。

母が入院することになったのは閉鎖病棟。薄暗い廊下、殺風景な中庭を抜けてたどり着いたのは、この病院のいくつかある病棟のなかでも、ひときわ傷んだ建物でした。

入院前の最終チェックに連れて行かれた母と別れ、私と父は三畳ほどの小部屋に案内されました。ほどなく現れた病棟の看護師から、入院にあたっての諸注意や必要なものなどを聞き、何枚かの書類に署名と捺印をして入院の手続きは終了。手渡された書類のなかには医師が書いた入院計画書も交じっており、そこには「病名：老人性精神病」と記されていました。

母の状態は、年をとってボケただけなんだろうか？

まだ六〇代なのに、ここまでボケてしまうことはあるんだろうか？

そもそも母の症状は、統合失調症によるものと酷似しているのでは……？

そう疑問に思った私は、目の前にいる看護師にそのまま疑問をぶつけたのですが、「病名についての詳しいことは、ドクターでないとわかりません」との回答。明日、主治医とお話ししたいとお願いして、時間などの約束を取り付けました。

やがて、病衣《びょうい》に着替えた母が部屋に入ってきました。

「母さん、お疲れさま。この病院でゆっくり休んで、早く治そうね」

明らかに落ち着きがなく、強ばった表情をしている母にそう話しかけると、「孝治、私はもうおしまいだ」と答えました。

「なんでおしまいなの？　今日からが治療のスタートでしょ？」

「お前は本当に何もわかっていない！」

「母さん、そんなに興奮しないで」

「こんなところに連れて来られて、死んだほうがマシだ！」

母の興奮は、次第にエスカレートしていきました。

「父さんと二人でグルになって、私をどうするつもりだ！」

「早く元気になってほしいだけだよ」

「私が何をしたっていうんだ！」

「それはまぁ、いろいろと問題を……」

「うるさい、うるさい、うるさい……！」

見かねた看護師が、「今日はそろそろ、病室で休んでもらったほうがいいですね」と声をかけてきました。

「あ、はい……」

この状況では、私も拒むわけにはいきません。

「イヤだイヤだ、私は家に帰る！」

首を振り、動こうとしない母は、二人の看護師に両腕を抱えられ、強引に病室のほうへと連れて行かれます。

「助けて！　孝治、助けて！」

涙をこぼし、泣き叫ぶ母の姿を見つめながら、私もまた涙をこらえることができませんでした。


それから五分、一〇分ぐらいが過ぎたでしょうか。戻ってきた看護師は、私と父に向かってこんな話をしてくれました。

「今はご家族の方も本当につらいと思いますが、あの状態の患者さんがご家庭で過ごされて、快方に向かうことはありえません。私たちもできる限りのことをさせていただきますので、どうか私たちを信じて、今日はお引き取りください」

私はただ頭を下げて、母のことをお願いするのが精いっぱいでした。


母を入院させたあと、私は父と二人で車に乗り、実家へと帰ることにしました。休暇を取るために仕事を無理やり前倒ししたため、一週間ほど満足に寝ていなかった私は、父に運転を任せて助手席に座りました。

「さぁ、とりあえず帰ろうか」

そう声をかけた私に、父は黙ったまま答えません。

「ん？　どうした？」

父の様子をうかがうと、静かに涙をこぼしています。

「父さん……」

「かわいそうだ……」

先ほどの母の様子を見て、父としてもいろいろと感じるところがあったのでしょう。

「父さん……」

「なんで、こんなことに……」

「とにかく今は先生たちを信じて、母さんが治るのを待とう。それだけ母さんを心配する気持ちがあれば、きっと通じるよ」

「違う……」

父は涙をこぼしながらも、強く首を横に振りました。

「母さんも大変だが、かわいそうなのはワシだ」

「え？」

「ワシは母さんがいなければ何もできない。母さんと離れさせられるなんて……。世話をしてくれる人がいなくなるなんて……」

「おい……」

「ワシは、なんてかわいそうなんだ」

パシンッ。

気がついたら私は、父の頭をはたいていました。

「痛いがや！　孝ちゃん、何すんの～」

父は、心底驚いたような顔をしています。

「もう一度、言ってみろ」

「痛いがや」

「違う、その前」

「何かワシ、悪いこと言った？」

「いいから、もう一度、言ってみろ」

「ワシがかわいそうだ」

私は父の胸ぐらをつかむと、鼻先まで顔を近づけて言いました。

「そう、それだ。もう一度、言ってみろ」

おそらく、鬼のような形相をしていたと思います。

「ワ、ワシがかわいそうだ」

父は怯えながらも、そう繰り返しました。

ふぅ。

ため息をついた私は、父の胸ぐらから手を離し、言葉を選びながら話し始めました。

「父さん、なんで母さんが入院することになったか、わかるか?」

「孝ちゃんに病院に連れて来られたから」

「違う。入院しないと良くならない病気になったから、だろ」

「あんなの、薬を飲んだら家でも治るがや」

「なんでそれがお前にわかるんだ?」

気がついたら、いつしか父の呼び名が「父さん」から「お前」に変わっていました。

「どうせ、大したことないがね」

「だから、なんでお前にそれがわかる? 大したことのない人が、包丁を逆手《さかて》に持って立て籠《こ》もったりするか?」

「いや、それは……」

「なんともない人が、家の中に誰かが入って大事なものを奪っていくとか、家中に盗聴器が仕掛けられているとか言ったりするか?」

「それは勘違いしただけでは……」

「勘違いで、近所の家に勝手に入っていき、『言われた通りに毒風呂に入るので、お金を返してください』なんて言うか?」

「母さんは、風呂が好きだから」

「お前なぁ……」

私は怒りを通り越して、呆れるばかりでした。そして、ここまで愚かな父に、病気の母を任せていた自分が許せない気持ちでいっぱいでした。

「母さんはお前があちこちで遊びほうけたり、満足に家に金を入れなくても、文句一つ言わずに耐えてきたんだろ？　で、お前に『金を出せ』って殴られても、必死でへそくりを貯《た》めて、家まで買ってくれたんだろ？　好き放題やった結果、脳出血で死にかけてたお前を二年以上も必死で面倒見て、歩いたり、車を運転したりできるほどにしてくれたんだろ？」

父はうつむいたまま黙っています。

「もういい、とにかく、お前の面倒は俺が見てやるから心配するな。今、この場では、病院の中にいる母さんに『頑張れ』って声をかけてやってくれ」

「わかった。母さん、頑張れ」

「母さん、頑張れ」

こうして、私たちは実家へ向けてようやく出発しました。

独りになった父。

実家に帰る道中、私はいろいろなことに思いを巡らせていました。そのなかでも私の頭を大きく占めていたのは、どうやって父の生活を成り立たせるかでした。

依存心が強いうえ、生活能力がないに等しい父が、数十年ぶりに独り暮らしをすることになるわけですから、一筋縄ではいかないことは十分に想像できました。

しかし治療のためとはいえ、強引に母を入院させた以上、父を野垂《のた》れ死《じ》にさせるわけにはいきません。回復した母が戻ってきたとき、本来の生活を取り戻せるように環境を整えておくのが私の務めだと考えていました。

実家に帰り着き、帰る途中のコンビニで買った弁当で遅めの夕食をとっているとき、悩む私の気持ちを知ってか知らずか、父が私に声をかけてきました。

「孝ちゃん」

「ん、何?」

「これから、よろしくお願いします」

「ん、何が?」

「ワシの世話、頼みます」

「あぁ、ちゃんと考えるから。ただ、これまでみたいに好き放題できるわけじゃないし、父さん自身にもいろんなことをやってもらわないといけないんで、しっかりやってね」

「なんでも孝ちゃんに任せるから、大丈夫だがや」

「いや、だから……。まぁ、いいや。今日はもう疲れたし、寝よう」

入浴後、父を先に休ませたあと、荒れた室内を片付けたり、たまった洗濯物を洗濯・乾燥したりしてから、電話帳を開いて調べ物を始めました。実家まで食事を届けてくれるサービスや出張掃除などを行ってくれるサービス、警備会社などのホームセキュリティーサービスについての情報を集めるためです。一通りの調べ物が終わったときには、夜が明けかけていました。

つかの間の睡眠をとったあと、私は数日の有給休暇のうちにやるべきことを箇条書きにまとめました。病院でやらなければいけないこと、実家でやらなければいけないこと……。あまりの多さに、自分で書きながらもため息が出てきます。

「孝ちゃん、おはようございます」

父が眠そうな顔をして自分の部屋から出てきたのを合図に、私はパンと牛乳、チーズといった簡素な朝食を用意しました。

「孝ちゃん……」

「ん？」

「ワシ、味噌汁とご飯が食べたいです」

「……悪いけど、これで我慢して」

「パンを食うと、屁ばっかり出るがや」

「これがイヤなら食わなくてもいいけど」

「そんなことは誰も言ってないがや」

大あわてで食卓についた父は、取られまいとするかのように必死でパンをかじり出しました。ここまでくると、怒るより先に苦笑しか出てきません。


やがて九時になったので、電話帳で調べておいた各社に連絡し、資料の送付を依頼し始めたのですが、そんな私に、父が怒ったような顔で話しかけてきました。

「孝ちゃん、他人を家に入れるなんて、とんでもないがや」

「え?」

「ワシは孝ちゃんが何でもやってくれると思ってたがや」

「おい」

「他人の世話になるなんて情けない」

私は父の剣幕《けんまく》に驚きながらも、仕方なく話に付き合うことにしました。

父の言い分は、おおむね次のようなものでした。

・自分は一人でやっていきたい。他人の世話にはなりたくない。
・毎日、おいしいものを食べたい。
・家事はすべて私にやってもらいたい。
・週に一度は母の顔が見たい。

「週一で母さんの面会に行くのはともかくとして、残りを全部かなえるのは難しいなぁ……」

「なんでぇ？　ワシは孝ちゃんに任せるって頼んだがね」

「父さんの好き放題を全部認めるとは言ってないだろ」

「こんなの、ダマされたようなもんだがね」

「じゃあ、洗濯や掃除ぐらい、少しは覚えて自分でやろうとは思わないの？」

「そんなくだらんこと、イヤだがね」

「いい加減にしろよ！」

「とにかく、イヤなもんはイヤだがね！　他人が家に来たら、全部追い返すがね！」

こんなどうしようもない話を聞いているうちに、朝の貴重な時間がどんどん過ぎていきます。私は結論を先送りすることにしました。情報収集は大阪から電話で行う羽目《はめ》になるかもしれませんが、病院の母に荷物を届けたり、主治医から詳しい話を聞くほうが重要です。

「とりあえず、出かけるから車を出す準備をして」
「ワシの言うこと、わかってくれたか?」
「あとでまた考えてやるから、とにかく準備をしてくれって」
「やっぱり、孝ちゃんに任せてよかったがや。安心したらウンコしたくなってきたから行ってくる」

あくまでマイペースな父がトイレに向かうのを見送った私は、簡単に掃除機をかけたり、母に届ける荷物の不足分をリストアップしました。父は昔からトイレが長く、三〇分以上籠もるのも珍しくありません。細々とした用事をすべて終わらせ、車に荷物を詰め、父のジャンパーを手に待っていると、ようやく父が出てきました。

「さぁ、行こうか」
「ちょっと待って、孝ちゃん。ワシ、温かいお茶を飲んで一服したいがね」
「途中のスーパーで買ってやるから我慢しろ」

しぶる父を車に押し込み、私たちは病院へと向かいました。病院までは車で約一時間。途中、国道沿いの大きなスーパーに立ち寄り、母の着替えやスリッパ、洗面用具を買い込みました。

車内に戻った私は買ってきたものを引っ張り出し、値札を取り除き、持ってきた油性マジックで衣類のタグなどに「ヨコイ」と書き始めました。昨日、病院から渡された注意書きに、身のまわりのものにはすべて名前を書いておくように指示があったからです。

介護の心構え⑨

●自分のペースを押しつけない

お年寄りの場合、行動のペースやレベルが周囲と合わないことが少なくありません。一時間以上かけて食事をとったり、一度トイレに入ったらなかなか出てこなかったり、着替えをさせてもボタンをかけ違えてみたり……。

ついつい手を貸したくなるのをグッとこらえて、見守りながら、よいところを見つけてあげましょう。

「今日は早く食べられたね。片付けが進んでうれしいよ」という何げないひと言が、本人のやる気を高めるものです。

急かしたり世話を焼きすぎたりして、大切な親の生活意欲を削いでしまっては、なんのための介護かわかりません。

「孝ちゃん、もう一本マジックある？」

「ん、あるけど」

「ワシも手伝うがね」

「ありがとう、じゃ、そっちよろしく」

自分の分に名前を書き終わり、ふと顔を上げると、父がトレーナー前面のすそに一文字五センチ角ぐらいの大きさで「ヨコイ」と書いていました。

「なんで、そんなところに書いちゃうの？」

「このほうがわかりやすくていいがね」

父に任せた分は、どれも同じように「ヨコイ」と力強く書かれていました。

「……母さん、怒るんじゃないかなぁ」

「大丈夫だがや」

主治医との面談。

一二時過ぎに病院に着いた私たちは、大急ぎで母の入っている病棟へと向かい、ナースステーションで主治医と面談したい旨を伝えました。昼食時という忙しい時間帯ながら看護師は快諾《かいだく》してくれ、私たちの待つ面会室まで主治医が来てくれることに。母は食事中なので、主治医との話が終わったあとで会わせてもらうことになりました。

面会室へ入ってきた主治医は、昨日会った三人の医師たちのなかでは中堅《ちゅうけん》と思われる人でした。

「昨日はどうも。かつ子さんの主治医を務めることになった○○です」

「横井と申します。よろしくお願いいたします。本日はお伺いするのが遅れ、申し訳ありませんでした」

「いえ。かつ子さんは昨日、かなり興奮しておられたのですが、今日は少し落ち着いてきたようで、朝食も食べていただくことができました」

「あ、そうですか。よかった……」

「これからの治療の方針などを詳しく聞きたいということでしたよね」

「えぇ、お願いします」


「その前に、先生に相談があります」

突然、父が口を挟んできました。

「ん？　どうしました？」

医師が、父のほうに顔を向けて質問を促します。

「家内を連れて帰ってはダメでしょうか？　他人がうちの家に入り込みそうなんですが」

私と医師は、一瞬、父が何を言っているのか理解できませんでした。なんとか気を取り直した私が父を黙らせようとするのを医師は軽く制し、父に話しかけました。

「奥さんは、十分な治療が必要な状態です。連れて帰っていただくわけにはいきません。『他人が〜』というのはよく意味がわかりませんが、何か不安になることでも？」

「だから家内がいないと、他人が家に来てしまうんです」

「えぇっと……。息子さん、どういうことでしょうか？」

仕方なしに、私はその日の朝の父とのやりとりを医師に説明しました。医師は軽くため息をつき、「息子さんも大変ですね」と言うと、再び父に向かって話し始めました。

「先ほども言いましたが、奥さんは病気で、ある程度の期間は入院していただく必要があります。早く回復してもらうには、ご家族の協力が欠かせません。安心して治療に励《はげ》んでもらうために、ご家庭のことで奥さんに心配をかけるようなことは言わないでください」

どこまで理解したのかわかりませんが、父は静かになりました。

こんなことで多忙な主治医の時間をいつまでも独占するわけにはいきません。

「先生、母の今後についてお伺いしたいのですが」

ようやく本題に戻すことができました。

「昨日と今朝、かつ子さんの健康状態を調べさせてもらったんですが、かなり衰弱しているようです。食事や睡眠を満足にとっておられなかったんでしょうね。

体重は三〇キロ台で、肝炎の症状も出ています。精神に作用する薬は肉体にある程度の負荷《ふか》がかかるものが多いので、まずは点滴と食事などで、かつ子さんの体調を回復させてから、精神的な治療を進めていきたいと思います」

「はい」

「向《こう》精神薬というのは、人によって効き方が大きく異なるので、ある薬をしばらく続けてみて、様子を見ながら調整していくことになります」

「はい、お願いします」


私は気になっていた疑問を主治医にぶつけることにしました。

「母は治るんでしょうか?」

「正直なところ、完全に元通りの状態になるのは難しいかもしれません。もちろん全力を尽くしますし、日常生活に支障がないレベルになる可能性はあります」

安請《やすう》け合《あ》いしないところが信頼できるように思えました。

「母の病名は統合失調症なんでしょうか?」

「まだ、わかりません。症状的にはそのように思えますが、しばらく様子を見ないと断言はできません」

「昨日いただいた書類に書かれていた『老人性精神病』というのは……?」

「あれは、便宜《べんぎ》的に書いただけです。入院していただくには、とりあえず書類を整えないといけないので」

「はぁ」

「私は、病名がどうこうというより、かつ子さんの症状を見極め、それを抑えたいと思っています。息子さんも、ぜひご協力ください」

「もちろんです」

「この医師なら……」と信じる気持ちが強くなった私は、バッグからノートを取り出し、「実は先生に見ていただきたいものがあるんですが……」と切り出しました。

私が取り出したノートは二冊。これは母が精神科のクリニックに通い出した頃、実家に帰った際に両親と話し合いを行い、日々の出来事をメモさせるようにしておいたものです。「誰かが家に忍び込んでくる」「何者かが家中に輪ゴムをまき散らして困る」「向かいの家の子どもが、庭の砂利《じゃり》を大量に盗んでいく」など、あまりに突飛《とっぴ》なことを必死に訴えてくる母と、まったく要領を得ない父の説明に困り果てた私は、両親にノートを一冊ずつ渡し、それぞれに日記を付けるように頼みました。

母がなんらかのトラブルを感じているのと同じときに、父が何も気がついていないのなら、それが妄想や幻覚であると母を説得する材料になると思ったからです。また医師と話をする際にも役立つのではないかと考えていました。

字を書くのが苦手な母と面倒くさがり屋の父はそろって拒否しましたが、強く説得して、半ば強制的に書くことを約束させました。

ノートを見せながら主治医にこれまでの経緯を説明すると、かなりの関心を覚えてくれたようで、「ぜひ預からせてください。私も長いことこの病院で働いていますが、ここまで親御さんのことを考えておられる方は初めてです」と言ってくれました。

まず最初に母の日記を手に取った医師は、数ページをパラパラと拾い読みをすると、「やはり、精神的な症状が強く現れていますね」と言いました。

「被害妄想、幻聴などが随所に見られます。この日とか何があったか気になりますね」

医師が指をさしたページには、ミミズのはったような字で「どんなことをしてでもトリカエサナケレバ」と一行だけ書かれていました。

「こういうときはお父さんの日記の同じ日を見れば、いいんですよね」

そう言って父の日記を開いた医師は、すぐに落胆《らくたん》したような表情になりました。

日記を書くように私が説得した際、「箇条書きで、その日にあったことを書くだけでいいから」と言ったのを自分の都合のいいように解釈したのか、次のような言葉が並んでいるだけです。

・○時、起床
・テレビゲーム
・昼食
・夕食
・入浴後、寝る

医師との間に一瞬気まずい空気が流れましたが、私の表情やこれまでの父の言動から状況を悟ってくれたのか、「えぇ、お父さんの日記はともかくとして、お母さんの日記はこれからの治療を考えるのに非常に参考になります」とフォローのひと言。

面談の最後、私はどうしても医師に伝えたいことがありました。

「先生、失礼を承知で最後に一つお願いがあります」

「何でしょうか?」

「この病院には多くの患者さんがおられますし、先生も多くの方を担当されていることと思います。でも私にとって母は、この世でたった一人の大切な母なんです。よろしくお願いします」

私の言葉を聞いた医師は力強く頷き、「息子さんの気持ちは確かに受け止めさせていただきました。特別扱いすることはできませんが、少しでも早くお母さんの状態が良くなるよう、全力を尽くすことをあらためてお約束します」と言ってくれました。

母の怒り。

主治医が面談室を出たのと入れ替わりに、看護師がドアから顔をのぞかせ、「かつ子さんをお呼びしましょうか?」と声をかけてくれました。

「あ、すいません。まだお昼を食べていないので、何か買ってきてからでいいですか?」

そう答えた私は、父を連れて病院の売店へと向かいました。この病院の売店は、病棟と病棟の間、狭い中庭に面したところにありました。一三時を過ぎているせいか、弁当は一つも残っていません。

「孝ちゃんが長いこと話しているから、食べもんがなくなってしまったがね」と、父が責めるような口ぶりで言いました。

「あのなぁ……」

仕方がないので、売れ残りのおにぎりとパン、お茶と、コーヒー好きの母のために缶コーヒーを買うことに。お金を払いながら、売店の店員に「この時間帯は、結構売り切れちゃうんですか?」と聞くと、「ここは、まわりに店もないからねぇ。あんまりいい物も売ってないし、これからはどこかで買ってから来たほうがいいよ」と商売っけのない答えが返ってきました。

「はぁ」

「ここは、入院している患者さんが、買い物を楽しむための場所なんだよ」

店員によると、病棟からの出入りが厳しく制限されている閉鎖病棟の患者は、週に一回だけ看護師に引率《いんそつ》されて数人単位でこの売店に買い物に来ることができるのだとか。毎日病棟に籠もっていると、この貧相な売店ですら何物にも代えがたい楽しみの場になるようで、お菓子やパンなどを争うように買うそうです。

あくまで治療の場なので当然なんでしょうが、これから母が送ることになる、娯楽の乏しい入院生活がうかがえるような気がしました。

売店から面談室に戻り、看護師に母を呼んでもらうようにお願いして、私と父は昼食を食べ始めました。おにぎりを頬張りながら、父が話しかけてきます。

「孝ちゃん、さっきのノートだけど……」

「あぁ、先生に渡したヤツがどうした?」

「あれ、もう書かなくていいですか?」

「うん。母さんが入院している間は書かなくていいよ」

「よかったぁ」

「ん、何がよかったの?」

「毎日書くのが面倒で面倒で」

「……ま、いいか」

そんな肩の力が抜けそうな会話をしていると、看護師に付き添われて母が面談室に入ってきました。

「孝治……、お父さん……、生きていたか?」

そうつぶやく母の目は、確かに私のほうを向いているものの、私の体をすり抜けて遠くを見つめるようでした。

「母さん、昨日はよく眠れた?」

「よく生きていてくれた」

「えっと……。ご飯もちゃんと食べた?」

「もう、会えないと思った」

「いや、あのね」

対応に窮《きゅう》している私を見かねたのか、看護師が声をかけてきました。

「昨日、入院されてから、しばらくは大声を出したりされていましたが、今日は少し落ち着いたご様子です。ただ、ご家族のことをひどく心配しておられて、ずっと『会いたい、会いたい』と言われていました」

「あぁ、そうなんですか。母さん、俺も父さんも大丈夫だから。ちゃんとご飯も食べているし、今日は母さんの着替えとかも持ってきたから」

「あぁ、ありがとう」

ようやく母とコミュニケーションがとれたことに安堵しながら、私は先ほど売店で買った缶コーヒーのフタを開け、母に手渡しました。

看護師が部屋から去ったあと、私は持ってきたバッグから荷物を取り出し、机の上に並べ始めました。歯磨きセット、箸やスプーン、ティッシュ、室内履き、着替え……。

家から持ってきたもの、道中のスーパーで買ってきたものなどさまざまです。

父が自慢げに「名前書きとか、ワシもやったよ」と言いました。そのときです。新しく買ったパジャマを手にしていた母の顔が、見る見るうちに強ばっていったのは。

「これは……なんだ？」

「ん？　さっきスーパーで買ってきたパジャマだけど。その色とか、母さん好きでしょ？」

母は私の答えに反応せず、他の服や下着を次々と広げ始めました。

「これも、これも、これも……」

「母さん、どうしたの？」

「どうしたも、こうしたもあるもんか！」

大声を上げた母の目は、真っ赤になっていました。

「こんなバカみたいに大きく名前が書かれた服なんて、着られるはずないだろ！」

私は、父に名前書きを任せたことを後悔しました。

「ごめん、母さん。でも、名前を書くっていうのはこの病院のルールだから」

「こんな生き恥をさらすぐらいなら、着替えなんていらない」

「次からは、もっと目立たないようにするから許して。下着とかなら目立たないし、パジャマの上着も、ズボンの中に仕舞うようにすればわからないから」

「なんで、私の気に入っていた服にまで……」

そこへ、父が「上手《じょうず》に書けとるでしょ〜」と口を挟みます。

当然、母は怒り狂い、落ち着くまでしばらく時間がかかりました。

「母さん、いろいろと不便な思いをさせるけど、しっかり治療して早く退院できるようになってね」

「……あぁ」

興奮が収まったのを見てから話しかけたものの、今度は、「心ここにあらず」という感じです。

「どうした、母さん」

「『この部屋から病室に戻ったらいかん』と言ってる」

「え、誰が？」

「わからんけど、言ってる」

「それ、母さんにだけ聞こえる病気の声だから。あとで看護師さんを呼んであげるから、安心して戻っていいんだよ」

「お前はわからんから、そんな呑気なことを言えるんだ」

さっき興奮したことがよくなかったんでしょうか。母の目つきも、明らかにおかしなものになっています。

「この部屋を出たら、手術される」

「手術？」

「そう、背を小さくされる」

「え、小さく？　なんで？」

「そんなこと、わかるもんか。でも私は小さくなりたくない」

その後、いろいろと落ち着かせようとしたんですが、結局はうまくいかず、ナースステーションから看護師を呼んで母を病室に戻してもらうことに。

「イヤだ〜！　行きたくない〜！」

昨日と同じく、両脇を看護師たちに抱えられながら泣き叫ぶ母の姿は、私にとってもあまりに悲しいものでした。

母の居場所。

実家に着いた頃には、すでに夕方。

激動の二日間の疲れをとるため、早く休むことにしました。

夕食後、風呂に入り、洗濯をしていると、父が私の近くへやって来ました。

「孝ちゃん、今日はありがとうございました」

「ん？　あぁ。明日も早いから、お休み」

「お願いがあります」

「また、食べたいものの話？」

「違います」

「じゃあ、何？」

「病院を出てからずっと考えていたんですが、やっぱり母さんが帰ってくる場所が要ると思います」

「そりゃ、もちろん」

「他人を家に連れ込むのはやめてほしいです」

「なんで?」

「母さんは神経質なタチでしょ〜?」

「うん」

「他人が家に入っているなんて知ったら、自分の居場所がなくなったと思うんじゃないかと」

「……そんなことないって。いいから、早く寝ろ」

寝室へと消える父を見送ったあと、私の心にはいろいろな悩みが渦巻いていました。

「母さんの居場所、かぁ……」

父の言うことも、それなりに理解できる気がしました。母には昔から異常なまでに他人に気を使うところがあり、それは、神経質で他人に心を許さないことの裏返しによるものだと感じていたからです。心の病に侵された母が、自らの聖域ともいうべき自宅に、見知らぬ誰かが足を踏み入れることを認めるとは思えませんでした。

それでは、すべて私が家事を引き受けるべきなのか? これも、大阪で仕事を抱える私には難しい話です。ある程度は妻に手伝ってもらうにしても、まだ幼い娘の世話もあることだし、自ずと限界があります。

介護の心構え⑩

●家族や近所の人との関係づくり

何かあったときに支えてくれるのは、身近にいる存在。家族や親族で気軽に話ができるというのは、いざ介護を行うことになったとき、大きな力となります。特にきょうだい同士で、自分の家族や将来について話し合うような機会を作ることをお勧めします。

また、近所に住む人たちとのコミュニケーションも大切です。家族が見落としてしまうような、親のちょっとした変化に気づいてもらえることも珍しくありません。

思い切って、父に家事をやらせてみるべきなのか？　これはこれで、ありえない選択です。家事全般をバカにしているうえ、依存心の塊《かたまり》のような父に、まともな家事ができるとは思えません。火の不始末で火事でも出されたら、それこそ「母の居場所」どころの話ではなくなってしまいます。

結局、その日の夜も、私は満足に寝ることができませんでした。

翌朝、父に朝食を食べさせた私は、一人で町役場へと向かいました。

町役場の健康保険担当の窓口で、両親の保険証を見せて、「高額療養費の手続き方法を教えてほしい」と頼むと、丁寧に説明してくれました。

担当者によると、毎月、病院で入院代などを支払ったあと、その領収書と認め印を持って町役場の窓口まで訪れ、申請書を書く必要があるとのこと。母が入院した病院は銀行振り込みなどを受け付けていないため、現金で支払いをせねばならず、その帰りに町役場へ立ち寄るというのが私の毎月の役割となりました。

いずれにせよ、最低でも毎月一日は平日に休暇を取る必要ができたわけです。

毎週末と月に一回の平日。これだけ休みを取れば、ある程度の家事なら何とかなりそうな気がしてきました。実際、母が病気になってからというもの、私が帰省したときにまとめて家事をこなすことが大半でしたし、頑張れるところまで頑張ってみようと思いました。

父についても、最低限の身のまわりのことはできるように、厳しく鍛え直してみよう。

そう考えた私は、どうやって父を教育するか、どうやってミスを減らすかに思いを巡らせながら、父の待つ実家へと帰りました。

町役場から実家に帰った私は、父に尋ねました。

「父さん、他人が家に来て掃除したりするのはイヤか？」

「当たり前だがや。孝ちゃんにやってほしいがや」

「……少しぐらい、自分でやろうとは思わないの？」

「もちろん、なんでもやるがや。任せてほしいがや」

私は一抹《いちまつ》の不安を抱きながらも、父の独り暮らしを維持させるために重要だと思われることをリストアップし、それぞれどうやって対処するかを書いていきました。

●食事

・栄養のバランス的な問題はあるものの、当面はレトルト食品中心でしのぐ。

・二週間分ぐらいのレトルト食品やインスタント味噌汁などを常時ストック。

・電子レンジと電気ポットの使い方を簡単なメモ形式にまとめ、機器の横に貼る。

・お茶については、ペットボトルで購入したもののみ。

●食器洗い

・衛生を考えると、どうにか父にやらせたい。
・食事で使う食器の数を減らして、できるだけ手間を減らせるように。

●風呂
・ボタン一つでお湯が出るタイプなので、入浴については当面問題なし。
・使わないときにはガスの元栓を止めることを念押しする。

●掃除
・これは父に言うだけ無駄なので、週末の帰省時にまとめてやる。
・ただし最低限、ゴミはゴミ箱に捨てることだけはやらせる。

●洗濯
・こちらも父に言うだけ無駄なので、週末の帰省時にまとめてやる。
・ただし最低限、脱いだものを洗濯機に入れることだけはやらせる。

●防犯・戸締まり
・自宅への出入りは玄関のみとして、勝手口などはカギをかけたままにする。
・二階についても週末以外は雨戸を締めっぱなしに。

・できる限り、父が外出しなくていいように、必要なものは週末に買いだめする。
・寝る前に玄関の戸締まりを確認させる。

書き上がった紙を見せようと、近くに座っていたはずの父を目で探すと、リビングのソファに座ってテレビゲームに没頭していました。これは以前、指先や頭を使うことで少しでもボケ防止になればと私がプレゼントしたもので、父はそのなかでも囲碁ゲームが大のお気に入り。いつも対戦相手をいちばん弱いレベルにして、何回もこてんぱんに負かすという、あまり感心しない楽しみ方を好んでいました。


「父さん」

「シーッ！　今、いいところだがね」

「俺、また出かけなきゃいけないんだから。ゲームなんて今やらなくてもいいだろ」

「いらんこと言うと、負けてまうがね」

「だから、ゲームをやめろって」

「なんでも頑張るから、続けさせてくれ」

それ以上言い争うのがバカらしくなった私は、父の昼食をテーブルに用意してから家電量販店に行き、なるべくボタンや文字が大きくて、なおかつ操作が簡単な家庭用ファクスを購入しました。重要なことは私がわかりやすい文書にまとめ、ファクスしたほうが確実だと考えたわけです。また、ボタン一つで、あらかじめ登録した先に電話をかける機能もあるので、入院中の母や私の自宅、携帯を登録しておけば、定期的に連絡させることも可能なはず。何らかの緊急時にも役に立つのではないかと思いました。

お金の話。

夕食の弁当などを買って実家に戻ったのは一五時過ぎ。テーブルにあった昼食は食べ散らかされていて、父は先ほどと同じ姿勢でまだゲームをしていました。

毎週、父と向き合って暮らすことになる以上、このぐらいのことで怒るまいと自分に言い聞かせながら、今度はＮＴＴに連絡。頻繁《ひんぱん》に帰省するとなると、仕事を持ち帰ってやらなければいけない場面も出てくるはずなので、ＡＤＳＬの工事を依頼することにしました。

「パソコンとかも買わないといけないなぁ……」

これまでと、そしてこれから必要となる出費を考えると頭が痛くなってきます。

交通費はもとより、食事代、その他の買い物代……。もちろん、母の入院代だってあります。これまでは私のポケットマネーから出していましたが、短くても三カ月はかかる母の入院期間中、ずっと私一人で支え続けるのは厳しいものがあります。

「やったー、勝ったがね！」

私の考えごとを邪魔するかのように、父が呑気な声を上げました。

「……父さん」

さすがに文句を言おうと口を開いたとき、私の頭にある考えが浮かびました。

「父さん？」

「ん〜、何？　そろそろご飯？」

「ご飯には少し早いだろ。ちょっと相談があるんだけど」

「なんでも言ってちょー」

父に向かい合うように座った私は、話を続けました。

「母さんの入院代とか、父さんの食費とか、結構金がかかるんだけど」

「うん、大変だなぁ」

「これまで、俺が出してたんだけど」

「助かるなぁ」

「いや、『助かる』じゃなくて、このままだと俺が困る」

「じゃあ、どうするの？」

「父さんや母さんのお金から、いろいろと支払えるようにしたい」

「……というと？」

「一緒にお金を下ろしに行って、それを俺が預かりたいんだけど」

「あぁ、いいよ」

拍子抜けするほど、あっさりとＯＫした父を連れて、貯金している農協に向かう途中、私は父に念押しの質問をしました。

「本当に、父さんや母さんのお金を使っていいんだね？」

「当然だがや。母さんの口座じゃなく、ワシの口座から下ろして渡すがね」

「……ありがとう」

これで当面の金銭的なピンチは免れることができたわけです。

ただ、両親の預貯金を無闇《むやみ》に使い切ってしまうわけにもいきません。とりあえず、必要に応じて少しずつ使わせてもらうことにしました。財布も普段自分が使うものとは分けておき、明細書も残すことに。これで母が退院後、貯金の残高が減っていることに気づいても、納得してくれるはずです。


自宅に帰ったあと、先ほどリスト化した家事分担と、ファクスの使い方などを説明しました。特によく使うボタンについては、何のボタンか大きく書いたメモを貼り、これならまず間違いないだろうという状態です。

番号登録したボタンを教えて、母の病院に電話をかけさせると、父は「これは簡単。ワシでも使えるがね」と上機嫌。母にファクスを購入したこと、私が家事をやることになったこと、自分も少し手伝うことになったことなどを報告しています。

ひとしきり父が話したら、今度は私の番。電話を代わってもらい、一日の様子を母に尋ねると、昨日よりは病院の雰囲気になじみつつある感じです。

介護の心構え⑪

●親の収入・支出・資産を把握しておこう

聞きにくいけど、聞かなきゃいけないお金の話。お金の話は、親子の間でもなかなか切り出すのが難しいものです。ただ、いざというときに親の経済状況がわからないと、どんな介護をするのか計画を立てることも難しくなってしまいます。

親と正面から向き合い、将来の生活設計（あえて言えば、どこで死にたいか）の希望や、それをかなえるためのマネープランについて話す機会を作りましょう。

変な聞き方をすると、親にあらぬ心配をかけてしまうおそれがあるので、「お父さんの将来のことを真剣に考えるため、お金のことを教えてほしい」など、直球で質問するのが一番です。

①収入状況について

まずは現在の収入源が何なのかを知っておきましょう。

親が退職して年金を受給している場合は、受給額通知書や振込通なんとか、このまますべていい方向に進んでほしい。

そう思った矢先、私の心を一気になえさせたのは、母の言葉でした。

「お前、本当の孝治か？」

「私はもう、終わりだ」

「え？　母さん、何だって？」

「さよなら」

ガチャン。


母との電話は突然切れました。というか、母が受話器を戻してしまったようです。当然、私の頭には「？」がいっぱいです。すぐにかけ直し、看護師に取り次ぎを頼んだところ、「ご本人が電話に出たくないと言っています」とのこと。母を怒らせるようなことを言ったのかと考えましたが、何も思い当たりません。結局その日、私はまた眠れぬ夜を送ることになりました。

翌朝、父を連れて母と面会に。途中でスーパーに立ち寄り、自分たちの昼食のほか、母

知書（日本年金機構や各共済組合から発行されます）を見せてもらうといいでしょう。

家賃収入など年金以外の収入がある場合は、それについても「どこから、いくら」を確認して、表などに整理しておきましょう。

②支出状況について
支出については、月当たりの生活費と主な支払い先について聞いておきましょう。そのほか、小遣いとして月々いくらぐらいほしいのかなども確認しておくと、収入と照らし合わせてどの程度の余裕があるのかがわかります。

③資産状況について
預貯金、不動産、株など、いわゆる資産についても「どこに、何が、いくらあるのか」を表などにまとめておきましょう。

いざ介護が必要になったとき、どんなサービスを選べばいいのかを考える際に大きな判断材料となります。

また、将来的な相続や、その際の節税を考えるときにも役立ちます。

と一緒に食べようと母の好物のわらび餅を買いました。

面会室で待つこと数分。看護師に付き添われて現れた母は、無表情で何を考えているのかわからない感じです。

「母さん、調子はどう？」

「……」

「ちゃんと、ご飯食べてる？」

「……」

母は質問に答えず、私の顔をずっと見ています。

気まずい空気を察したのか、看護師さんが「ちょうどお昼の時間になるので、こちらに持ってきますね。ご家族そろって食べてください」と席を外し、ほどなくしてトレーに載った昼食を運んできてくれました。

父は待ちきれない様子で、スーパーで買った寿司の盛り合わせのフタを開け、うれしそうに醤油《しょうゆ》をかけています。私も、自分の弁当を食べる準備をして、ふと母の様子を見ると、まだ私の顔を見つめていました。

手を休め、母の顔を見つめ返すと、母はゆっくりと口を開きました。

「お前、本当の孝治か？」

「当たり前だろ」

「死んだんじゃなかったのか？」

④保険について
生命保険、養老保険、医療保険などのほか、住宅保険や自動車保険といった損害保険についても教えてもらいましょう。

「どこの保険会社の、どんな保険に、どんな条件で加入しているのか」がポイントです。

保険の証券類は一カ所にまとめて、すぐに取り出せるようにしておくことをお勧めします。

「死んでたら、ここにいないだろ」

「でも、確かに死んだって……」

「誰が言ってたの？」

「……さぁ？」


ボソボソと話す母の話を根気よく聞いてみると、昨夜の電話中、幻聴で「私と父が事故で死んだ」と聞こえて、絶望したとのこと。

「母さん」

「ん？」

「手を出して」

母が差し出した右手を、私はゆっくりと両手で包み込みました。

「どう？　手を触られてるのわかる？」

「うん。あったかい……」

母の表情が、少しだけ和らいだように思えました。


そして数分後。私が促すと、母は自分の食事を少しずつ口へと運び始めました。とはいっても、母の胃腸はかなり弱っており、普通の人の半分も食べられなかったのですが。

とっくに寿司を平らげた父は、母が食べる様子を見ながら「よかったなぁ、母さん」と言って涙ぐんでいます。

この日の面会は、幸い私にとってホッとするものになりました。

母に別れを告げ、病院を後にした私たちは、津駅へと向かいました。有給休暇も、この日で終わり。翌朝からはいつものように仕事に行かなければいけません。

父にある程度のことをやらせてみようと決心したものの、いざ独りにさせるとなると、不安な気持ちが湧き上がってきます。

「父さん」

「ん、何?」

「俺が大阪に行っても、ちゃんと規則正しい生活をしてね」

「はい」

「今日の分の晩飯は、この弁当を食べて」

「はい」

「風呂のお湯は、毎日新しいのに替えて」

「はい」

「何かあったら、ファクスのボタンを押して、俺の携帯を鳴らしてね」

「はい」

くどくどと話をしたあと、別れ際に私は言いました。

「父さん、頑張って」

「任せてちょー」

電車に乗った私は、不安を打ち消そうと、自分なりに精いっぱい過ごしたこの数日間のことを思い返しながら、大阪に帰りました。

第三章
父の異変。

戻らぬ父。

当初の不安を裏切るかのように、父は思いのほか落ち着いた日々を過ごしているようでした。

「とりあえず三カ月」

主治医が言ったその三カ月を持ちこたえることができれば元の暮らしに戻れるかもしれない。それが半年になったとしても、この調子ならどうにかなるかも。少しずつ、そんな希望が湧いてきた頃。またも、予想もしていなかった事態が起きてしまったのです。

四月下旬、土曜の朝。

私はいつものように駅前で父と待ち合わせをして、父の運転で母が入院している病院へと向かいました。

途中のスーパーで母の薄手の下着や果物を購入。昼食の時間になったので、面会する時間の調整も兼ねて、近くのファミリーレストランに入りました。

「本日のオススメ」と書かれたハンバーグランチを頼んで待っていると、父がトイレに。席に料理が並んでも父は戻ってきません。大のほうなら普段でも三〇分以上はトイレに籠もる父のことなので、私は待たずに食べ始めました。

ところがその日はいつもと違って、三〇分が過ぎても戻ってきません。「よほどの便秘なのかな？」などと思いながら、さらに一〇分ほど待ったのですが、いっこうに戻ってくる気配がないので、さすがに心配になり、トイレに様子を見に行くことにしました。

トイレのドアの前に立ち、「父さん？」と声をかけると、小さな声で「……孝ちゃん？」との返事。

「ずいぶん長く入ってるけど、どうしたの？」

「大丈夫だがね……」

「大丈夫なら、早く出ておいで。母さんに会いに行くのが遅くなっちゃうし」

「うん……」

ドア越しに聞こえる父の声は、先ほどまでと違い弱々しいものに感じられました。

「もしかして、お腹が痛かったり、気持ち悪くなったりした？」

「大したことないがね……」

「とりあえず、このドアを開けて」

「恥ずかしいがね」

「そんなこと言ってる場合じゃないだろ。早く開けて！」

カチャ。

ドアを開けると、そこには用を足して水を流したあと、下着やズボンを上げかけた状態で床にへたり込んでいる父の姿がありました。

「父さん、どうした？」

あわてて私が抱きかかえようとすると、父は「ちょっと、ふらついただけだがね」とのこと。とりあえず父を洋式便器に座らせ、顔色を見るとかなり青くなっています。

「ちょっとにしては顔色悪いぞ。病院に連れて行ってやろうか？」

「大丈夫だがね……」

「でも」

「今日は朝からちょっと熱っぽかったから、風邪《かぜ》だがね」

おでこを触ってみると、確かに少し熱っぽい感じがします。

「わかった。昼飯、少しは食えるか？」

「食べてみるがね」

席に戻ると、そこにはすっかり冷め切ったハンバーグ。半分も食べないうちに、父は「もういらん、マズイがや」と言いました。

「やっぱり、気持ち悪いんじゃない？　無理せずに、今日は帰るか？」

「冷めてるからマズイだけだがね。会いに行かないと、母さんが心配するがね」

「……わかった。じゃあ今日の面会は、なるべく短めにしよう」

会計を済ませ、今度は私がハンドルを握りました。母が入院している病院に着いたのは一四時過ぎ。予定より一時間ほど遅くなっていました。

病棟の看護師に声をかけると、面会室は先客が使っているため、閉鎖病棟の外に出て、適当な場所で面会してほしいとのこと。付き添い必須《ひっす》、そして病院の敷地内だけとはいえ、主治医から閉鎖病棟の外に出る許可が出たそうで、これは間違いなく母の病状が良い方向に向かっている証《あかし》です。父に対する心配の念はどこかに行ってしまい、私は母が病室からやって来るのを待ちきれない気持ちになっていました。

一週間ぶりに会った母は、かなり落ち着いている様子でした。まだまだ表情はぎこちないものの、笑顔を見せたりもしています。

「来てくれて、ありがとう」

「ちょっと元気になったみたいだね。少しは病院に慣れた？」

「うん、みんなよくしてくれる」

「それはよかった」

「ありがたくて、ありがたくて、感謝ばっかりしてる」

「そうか」

「もったいないぐらいだ」

このとき、私は少し違和感を覚えました。感謝の表現が少し過剰に思えたのです。

「母さん？」

「……感謝しても、しきれないと思う」

やはり、しつこすぎる気がします。心の病気になる数年前、母が体調を壊して別の病院に入院したとき、やたらとその病院を褒めまくって、退院したら手のひらを返したように悪口を言っていたことが思い出されました。そのとき母は、「看護師や医者を褒めておけば、特別扱いしてもらえる」などと言っていました。

これも、何かの兆候《ちょうこう》なのかなぁ……。

今度、また主治医に聞いてみようと思いつつ、一緒に閉鎖病棟の外に出ると、母は珍しそうに周囲をキョロキョロしています。

「どうしたの?」

「初めて、外に出たから」

「頑張って病気を治そうとしているから、お医者さんが病棟の外に出てもいいって」

「お日さまを見るのも久しぶり……」

確かに、母の入院している閉鎖病棟の窓は小さく、鉄格子がはまっているため、外の景色をほとんど見ることができません。まぶしそうに目をしかめながら、狭い中庭を見つめている母の姿を見ていると、かわいそうなことをしているなぁ、などという感情が湧いてきます。

意味なく自由を奪っているわけではない。早く治ってもらうためだ——。

そう自分に言い聞かせながら、外来の待合室へと向かいました。土曜の午後は休診のため、待合室には誰もいませんでした。自動販売機で三人分の飲み物を買い、小さなテーブルの横にあるベンチに腰掛けました。

コーヒーを飲んで、さらにホッとしたのか、母の表情はとても穏やかでした。

買ってきた下着を一枚ずつ確認して「このパンツ、いいなぁ」と話したり、看護師から預かった洗濯済みの厚手の下着を「持って帰る」と言う私に、「寒い夜もあるから」と一、二枚は置いて帰るように頼んだりと、入院前と比べて普通に意味のある会話ができることにも、内心、すごくうれしく感じていました。


「孝ちゃん……」

これまで会話にまったく参加してこなかった父が、声をかけてきました。

「あ、父さん、ごめんごめん。イチゴ一緒に食べて、帰ろうか」

「イチゴは、要らないです」

「え？　まぁ、無理に食べなくてもいいけど」

「ちょっとトイレに行ってきます」

「大丈夫？　気持ち悪い？」

「大丈夫です」

父の顔色は、すっかり青ざめていました。

「一緒にトイレに行こうか？」

「孝ちゃんは母さんのそばにいてください」

「……」

「母さんのこと、お願いします」

「……わかった。トイレから戻ったら家に帰ろう」

少しフラつきながら、父は待合室近くのトイレへと入っていきました。

母のほうを見ると、先ほどのリラックスした感じが一転、険しい表情になっていました。

「孝治、どういうこと?」

「なんか、ちょっとお腹の調子が悪いらしくて」

「誰にやられた?」

「え?」

「誰にやられたかって、聞いてるの」

「やられたって、何を?」

「変な薬を飲まされたんだろ」

表情だけではなく、明らかに目つきがおかしくなっています。

マズイ……。看護師を呼びに行ったほうがよさそうだけど、病棟と違ってここには誰もいない。母を連れて病棟に行きたいけど、父を置き去りにするわけにもいかない。父がトイレから出たら、すぐに母を病棟に連れて行こう。

そんなことを考えていると、母は私に詰め寄るようにして言いました。

「なんで黙ってる? ヤツらか? お前もヤツらにやられたのか?」

「いや、誰にも、何もやられていないから」

「そんなはずはない！」

早くトイレから出てくれ！

このときほど、父のトイレの長さを恨《うら》めしく思ったことはありませんでした。

「お父さん、生きとったのか？」

父がトイレから帰るのをイライラしながら待っていると、誰かが後ろから「横井さん、こんにちは」と声をかけてきました。振り返ると、そこには私服姿の主治医が。

「あ、○○先生。いつもお世話になっております」

「お母さん、頑張っておられますよ」

「ありがとうございます」

「こうして閉鎖病棟の外にも、少しずつ出る訓練をしていきたいですね」

そのとき母が口を挟みました。

「うちの主人が、あいつらに……」

「え、どうされました?」

「主人が殺されてしまったんです」

それまで穏やかだった主治医の表情が、少し驚いたものに変わりました。

「息子さん、何か変わったことがありましたか?」

「えぇ、実は……」

状況を説明しようとする私を制するかのように、母が主治医に訴えかけました。

「あいつらに主人が、変な薬を飲まされたんです！」

「いつもお話ししているでしょう？『あいつら』なんて、いないんですよ」

「でも、主人が……」

「ご家族に会えて、少し興奮しましたか？一緒に病棟のほうに戻りましょうか？」

「そんなことをしてたら、今度は息子が殺されて……」

「大丈夫ですから」

そっと母の手を引くようにして、主治医が母を病棟に連れて行こうとします。

しばらく、二人のやりとりを見守っていた私ですが、様子がおかしくなった原因をちゃんと伝えなければと主治医に話しかけました。

「先生、実は父の具合が少し悪くて……」

「……そういえば、今日はお父さんの姿が見えませんね。病気か何かで、ご自宅で休んでおられるんですか？」

「いえ、お腹の調子が悪いと言って、さっきからトイレに籠もっているんです」

「あぁ、そうでしたか。（母に向かって）横井さん、ご主人はすぐ戻りますから。ご主人の顔を見て、安心したら病棟に戻ってください。息子さん、よろしくお願いします」

主治医は少しホッとした表情を見せると、そのまま去っていきました。

そのまま待つこと、さらに一〇分。さすがにしびれを切らした私は、母にどこにも行かないように言い含め、父の様子を見にトイレへ行きました。

トイレに入ると、どうやら個室はすべて和式のようです。閉まっている個室のドア越しに「父さん、大丈夫か？」と声をかけると、「……孝ちゃん？」と小さな声で返事がありました。

「大丈夫？」

「……ゆっくり、ウンコしてたら、足がしびれたがや」

「本当に大丈夫？」

「立つのを手伝って……」

「わかった。とりあえず尻を拭いて、水を流して、ドアを開けて」

しばらくモゾモゾと動く気配があったあと、トイレの水が流れ、ドアのカギが外れました。急いでドアを開けると、半分ほど下着を上げた父がトイレの床に手をついてへたり込んでいます。

「おい、本当に大丈夫？」

「手を貸して……」

父をゆっくりと立たせて、個室の壁に持たれかけさせた私は、なんとか下着とズボンをはかせました。顔色自体は、さっきよりマシになっているようです。横から抱きかかえるようにしてトイレを出ようとすると、そこには思い詰めた顔で立つ母がいました。

「お父さん、生きとったのか?」

「……?」

「どんな薬を飲まされた?」

「……?」

父は、母が何を言っているのか、よくわからないようです。

そこで私は、助け船を出すことにしました。

「父さんがトイレに行ってる間に、『父さんが変な薬を飲まされて、殺された』って母さんが言い出してさ」

「あぁ、母さん、そんなことないがね。ちょっと足がしびれただけだがね」

「そうか……。本当に何も薬は飲んでない?」

「飲むもんか」

「そうか」

母は半信半疑ながらも、少しだけ安心したような顔をしました。

「母さん、さっき先生も言ってただろ。父さんの顔を見たら、病棟に戻っておいでって。一緒に連れて行ってあげるから、病棟に行こう」

「あぁ」

「父さんは、足のしびれが治るまで待合室のベンチで座っておいて」

母を病棟まで送り、待合室に戻ってくると、父はおとなしくベンチに座っていました。表情は、先ほどに比べると、かなり落ち着いたように見えました。

「父さん、調子はどう?」

「……だいぶん良くなったがね」

そう答える父の声は少しかすれていましたが、大きな問題はないようです。

「とりあえず家に帰って休もうか」

駐車場から病院の入り口まで車を回してから、父を乗せ、一路実家に向かいました。病院から実家まで車で一時間ほど。父は助手席でシートを倒し、目をつぶっています。ポツポツと雨が降り出し、やがて本降りになってきました。

「ちょっと激しく降ってきそうだなぁ。早めに病院を出てよかったかもしれないね」

「……。ん……」

眠ってしまったのかと思いながら父の様子を横目で見ると、ひどく息苦しそうにしています。

「父さん、どうした?」

「あ……。う……。大丈夫……」

どう見ても大丈夫な感じではありません。

「あと一五分ぐらいで家に着くから。それまで頑張れるか?」

「……はい」

信号待ちの際、あらためて父の様子を見ると、顔色が白くなり、うなされているような感じでした。手に持っていたはずの飲みかけのスポーツドリンクは足元に転がり、ズボンがびしょびしょになっています。

「とにかく、もうすぐ家に着くから」

そのとき私にできたのは、ただ一生懸命に運転することだけでした。

ようやく実家にたどり着いたとき、父は息も絶え絶えといった様子。家の前に車を停めると、父を抱きかかえるようにしながら寝室へと運びました。

父は全身から汗を流しており、体も震えています。濡れたズボンを脱がし、パジャマに着替えさせたのですが、ぐったりとして協力するそぶりもありません。

「父さん、俺がわかるか?」

「う……」

「救急車、呼んでやるから、ちょっと待ってろ」

「ダメだ!」

私が「救急車」という言葉を口にした瞬間、父の目がカッと見開き、拒絶の言葉が出ました。

「なんでだよ」

「……そんなもん呼んだら、体裁、悪いがね」

「そんなこと気にしている場合じゃないだろ」

「イヤなもんは、イヤだがね！　家で寝ていれば治るがね！」

父は、幼い子どものようにイヤイヤと首を振っています。

こんなことで言い争って、体力をなくさせては、ますます悪化するかもしれない。そう考えた私は、「じゃあ、俺が病院に連れて行ってやるから」と言いました。

「……え？」

「救急車じゃなければいいだろ？」

「家にいれば大丈夫だと思うがね……」

救急車を呼ぼうとしたときに比べ、拒み方が弱くなっています。

「早速、病院に電話するから、待ってろ」

電話帳で近くの内科クリニックを見つけ、電話をかけました。土曜の夕方近く。普通なら休診ですが、運よくつながりました。手短に状況を説明すると、「すぐに連れて来るように」とのこと。急いで父の寝室に戻ると、父は目を開いてはいるものの、焦点が合っていないように思えました。

「父さん、〇〇クリニックに行くぞ」

「……え？　孝ちゃん、なんでここに？」

肉体的なしんどさのあまり、意識や記憶が混沌《こんとん》としているのでしょうか。かつて父が脳出血で倒れたときのことが思い出され、私は内心、真っ青になりました。

脱水症状。

なんとかクリニックに到着した頃には、父の意識はほとんどなくなりかけていました。駐車場に車を停めた私は、父を助手席から引きずり出すと、本降りになってきた雨から守るように傘を差しかけ、明かりが消えたクリニックへと担《かつ》ぎ込《こ》みました。

「すいません、先ほど電話で連絡した横井ですが！」

誰もいない受付や待合室を見回しながら、大声で呼びかけると、奥の診察室から六〇歳ぐらいの医師が現れました。

「奥まで行くのは大変だから、そこのベッドに寝かせて」

医師は待合室の横にある衝立《ついたて》を指さしました。このクリニックは、近所の高齢者たちがよく通っているところで、患者同士が話をしながら点滴を受けられるように、待合室の横に点滴用のベッドが二つ置いてあったのです。

どうにか父をベッドに横たわらせた私は、これまでの状況をかいつまんで医師に説明。医師は時折質問を挟みながら、父の脈を測ったり、血圧を調べたりと、一通り調べたあとで点滴の準備を始め、有無を言わせず点滴の針を父の腕に刺しました。

「……痛ぇ」

普段は痛みなどに極端に弱く、ちょっとした注射でも大騒ぎする父ですが、このときばかりは、注意していないと聞こえないような声でつぶやくだけでした。

「これでよし、と」

処置を終えた医師は、少しホッとした顔をしています。

私は、状況などを医師に確認することにしました。

「先生、父はどういった状況なんでしょうか？」

「脱水症状を起こしているようだ」

「えっ、脱水症状ですか……」

「ところで、息子さんは同居していないの？」

「えぇ、普段は大阪に住んでいます」

「奥さんは、いない？」

「今、病気で入院しておりまして……」

「なるほど」

医師は深く頷きながら言葉を続けました。

「年をとってから急に独りになると、体調がうまく管理できなくなって、調子が悪くなるというのはよくあることなんだ」

「はぁ」

「結構、衰弱してるみたいだから、ちゃんとご飯や水分をとっていなかったんじゃないかなぁ……。息子さんも、もうちょっと気を使ってあげたほうがいいよ」

医師の言うことにも一理あるのでしょうが、これまでの事情と父をただ放置しているわけではないことを伝えました。

「週に一回は戻ってきて身のまわりの面倒を見ていますし、お茶やご飯なども十分に買ってきて、会った際にも電話でも、『水分補給は欠かさないように』『規則正しく生活するように』と、しつこいぐらいに伝えてきたのですが……」

「う～ん……。お父さんは、それぐらいのことじゃ言うことを聞かないタイプなのかもしれないなぁ。お母さんに結構わがまま言ってたりしなかった？」

「あ、それはもう、イヤになるほど……」

「ここから先は家庭内の話になるけど、お父さんが元気になったら、しっかり話し合ったほうがいいよ」

「……はい」

電話で「食事はちゃんと食べてる？　お茶も飲んでる？」と聞く私に、「ばっちり。任せてちょー」と答えていた父の声が思い出され、なんとも言えない気持ちになりました。

父の様子を見ると、点滴を受けながら眠りに落ちたようで、軽いイビキをかいています。先ほどまでの苦しそうな表情も収まったようです。点滴が終わるまでの間、私は医師にいくつかの質問をすることにしました。

「先生。一五年ほど前、脳出血で入院したときにも似たような症状があったのですが、そういった可能性はあるでしょうか?」

「そのときは、どこに入院したの?」

「○○病院です」

「あぁ、○○病院だったら、僕が理事をやっているところだから、すぐに連絡をしてあげよう」

「え……」

あとで知ることになるのですが、この医師は○○病院の創業家の一員でした。○○病院は地元ではそれなりに知られた総合病院で、このクリニックをはじめ、周辺にいくつかの拠点を持っていました。

この医師とは、これから数年にわたって付き合うことになるのですが、そのときの私には知るよしもありませんでした。

「体の水分がなくなると、いろんなところに障害が出てくるし、お年寄りの場合は、念のために調べておいたほうがいいよ」

医師は、私を諭《さと》すように言いました。

点滴が終わる頃に目を覚ました父は、「ここはどこ?」「母さんは?」など、私にいくつかの質問をしたあとは、おとなしく横になっています。

「父さん、気分はどう?」

「……だいぶマシだがね」

そう答える父の声は弱々しく、あまり大丈夫なようには聞こえません。

「点滴が終わったら、○○病院に行くから」

「なんで?」

「ちゃんと検査をしてもらわないと」

「大丈夫だがね」

「大丈夫な人は、こうやって点滴を打ってもらったりしないだろ」

「だから、この点滴で治ったがね」

「治ったかどうかを調べてもらうんだって」

「イヤなもんはイヤだがね! 病院はイヤだがね!」

父が声を荒らげるのを聞きつけて、奥の診察室にいた医師が戻ってきました。

「息子さん、お父さんを興奮させないで」

「いや、そういうわけでは……」

医師は父が横たわるベッドのそばに来ると、「横井さん、調子はどうですか?」と尋ねました。

「はい、おかげさまで」

「そう、それはよかった。今日、ご自分の調子が悪くなった理由がわかりますか?」

「……たまたま、です」

「また同じように倒れると大変ですよね」

「……倒れないから、大丈夫です」

「どうして倒れないとわかるんですか？」

「ワシの体ですから」

父の受け答えを横で聞いているだけで、私はかなりイライラするのですが、医師は根気よく父に話しかけています。

「そういえば、横井さんの息子さんは立派な人ですね」

「ありがとうございます」

「横井さんも体に気をつけないといけませんね」

「はい」

「大丈夫と思いますが、念のため、悪いところがないかチェックしておきましょう」

「いや……」

「横井さん、病気はイヤでしょう？」

「そりゃ、もちろん」

「まぁ、病気にならないための予防みたいなもんですよ」

「はぁ……」

「心配している息子さんの顔も立ててあげないと」

父は、医師の近くに立つ私の顔をチラッと見ると、「わかりました」と了承しました。私は、医師が父を言いくるめる様子を、ただ眺《なが》めることしかできませんでした。

父の入院。

クリニックを出て、○○病院へと向かう車内。父は疲れ切った様子で目を閉じたままです。病院に到着し、ナースステーションにいた夜勤の看護師に事情を説明すると、四〇代ぐらいの医師と看護師が現れました。

「あなたが横井さんですね？」

「はい」

「クリニックの○○先生から話は聞いています。とりあえず診察室にどうぞ」

診察室のベッドに父を寝かせた医師は、父の脈を測ったり、胸をはだけさせて聴診器をあてたりと、一通りの診察をしたあと、私のほうを向いて言いました。

「お父さん、今日はいつ頃、何を食べました？」

「朝食はわからないのですが、お昼は私と一緒にハンバーグ定食を食べました。半分以上残していましたが」

「お昼ということは、七時間ぐらい前ですね？」

「えぇ」

「とりあえず、今日は採血と尿検査をします」

「はい」

私としては、頷くしかありません。

医師は、看護師に向かってテキパキと指示を出し、ほどなく採血と尿の採取が終わりました。

「では、今日はお父さんには、こちらで泊まってもらいますから」

「え？」

「かなり衰弱しておられるようですし、脱水症状が見られるので、とりあえず一晩こちらで休んでいただいて、明日の朝イチに内視鏡検査を受けてもらうということで」

「入院の用意とか、何も持ってきていないんですが」

「お父さんの体力の回復状態にもよりますが、二〜三日は入院してもらったほうがいいでしょうね」

「はぁ……」

父の様子をチラッと見ると、観念したかのように目を閉じています。

こうして、父は急に入院することになってしまいました。

家に帰った私は、今日の経過を母に連絡していないことに気がつきました。心配性な母のことですから、イライラして連絡を待っているに違いありません。

ナースステーション直通の電話に連絡を入れ、母を呼び出してもらうと、待つ間もないほど早く、母が出ました。どうやら連絡を待ちわびてナースステーションに押しかけていたようです。

「孝治、生きてるか？」

「あ、あぁ」

「死んどらんか？」

「もちろん」

「父さんは殺されたのか？」

「だから、父さんも死んでないって」

「じゃあ、二人とも元気なのか？　明日も面会に来てくれるのか？」

「……いや」

「どうした？　何があった？　やっぱり父さんは死んだのか？」

「死んでないから、ちょっと話を聞いて」

私は母の質問を打ち切ると、父が脱水症状を起こしたらしいこと、大事をとって数日入院することになったこと、明朝に内視鏡検査を受けることになったので母の面会には行けなくなったことを伝えました。

私が話し終わるまで黙っていた母は、思いがけないことを言い出しました。

「私、退院する」

「え？」

「先生にお願いして、病院にヒマをもらうから」

「ちょっと、何言ってるの？」

「私が父さんの世話をしなきゃ、誰がするの」

「だから、俺が世話をするし……」

この後、母を説得するのに三〇分以上の時間を費《つい》やすことになりました。


翌朝。

七時前には車に乗り込み、再び病院へと向かいました。

父を乗せた車いすを押して内科診察室へ行くと、昨夜の医師が待っていました。

「横井さん、お加減はどうですか？」

「ボチボチです」

「ゆっくり眠れましたか？」

「ボチボチです」

「ふらつきや吐き気はないですか？」

「ボチボチです」

「とりあえず、ボチボチなんですね？」

医者は笑って言いました。

「えぇ、ボチボチです」

父はなぜか自信ありげに答えました。

ツッコミたい気持ちをグッとこらえ、私は今日の予定などを医師に尋ねました。

「今から、胃カメラでの検査をします。そして明日の朝から下剤などを飲んでもらって、大腸内視鏡検査をします」

「はぁ……」

「高齢でもあるので、一日に二つの検査をするのは、体力的に厳しいんですよ。まぁ、どちらの検査も念のために受けてもらうようなもんですから」


仕方ない、あとで上司に「数日休む」とメールしておこう。

そんなことを考えているうちに検査の準備ができたようで、検査室のほうへと誘導されました。日曜日で看護師が少ないこともあって、父をベッドに横たえるところまでを手伝った私は、検査室の外へ出ようとしました。

すると……。父が私のシャツの裾《すそ》をつかんで離してくれません。

「父さん、今から検査だから。おとなしくしなきゃ」

医師の手前、優しく声をかけたのですが、父は軽く首を振るだけで、私を解放する気はなさそうでした。その様子を見た医師が、「横井さん、そんなに緊張しなくていいですから。

息子さんにも、ここにいてもらいますから」と父に話しかけました。

「え？　私もここにいていいんですか？」

「本来はダメですが、まずはご本人に落ち着いてもらわないといけないですから」

こうして私は手を消毒したうえで、借り物の白衣を身につけて、父の検査に立ち会うことになりました。

「息子さん、お父さんの手を握ってあげてください」

「はぁ……」

なんか、立ち会い出産みたいな感じだなぁと思いつつ父を見ると、涙目どころではなく、涙をこぼしながら私のほうを見つめていました。胃カメラ一つで、そこまで怖がらなくてもいいようなものですが、父は人一倍苦痛に弱いタイプ。私は苦笑しながら父の手を握り、検査の様子を見守りました。

胃カメラが少しずつ口から入ると、父は目をむき、体を強ばらせます。

「横井さん、もっと体の力を抜いて。ラクな感じで」

医師や看護師が声をかけても、父の緊張はなかなか解けません。

結局、鎮静剤の注射などで、さらに時間がかかることになりました。

なんだかんだと時間がかかったものの、検査の結果はシロ。

「多少の炎症はありますが、問題ないですね。明日の大腸内視鏡検査が終わって、特に問題なければ退院してください」との医師の言葉に、私はホッとしました。

検査終了後、三〇分ほどはそのまま横になって安静にする必要があるらしく、医師と看護師が退室したあと、父と私は二人だけで検査室に残されました。とりあえず母に報告の電話をしようかと思い、私も部屋を出ようとしたのですが、父はまだ私の手を握ったままで離してくれません。よほど心細いようです。

結局、病室まで付き添ったのですが、病室でも私はなかなか解放してもらえず、「トイレに行きたいから」と言って強引に廊下へと脱出しました。

「これが、ポリープです」

翌朝。

父の大腸内視鏡検査は比較的スムーズに始まりました。検査前に大量の下剤を飲んで腸の中をカラッポにしたあと、検査室へと連れて行かれる父。昨日の検査室と比べて少し広く、大きな機材がいくつか置かれていました。

私は外で待つことになり、検査室前のベンチに。二〇分ほどたった頃、一人の看護師が検査室から顔を出し、「先生がお呼びです。入ってください」と言いました。

少し疑問に思いながら入室すると、モニターを見ながら何かを操作する医師の姿。

「あぁ、こっちの裏にも……」などと、独り言をつぶやいています。

父は検査台に体を横にして寝ており、時折「痛たたた」などと言っていました。

「先生、お呼びでしょうか？」

邪魔をしないよう遠慮がちに声をかけると、医師はこちらを振り向き、「息子さん、これを見てもらえますか？」とモニターを指さしました。

モニターをのぞくと、一面のピンク色。父の腸内の様子が映っていました。

「……何か、問題でもあったんですか？」

「今から画面に細いピンセットが出ますから、それを見てください」

医師がそう話すと同時に、画面にピンセットが現れました。そのピンセットが、腸内の少し膨《ふく》れたところをつまみ上げます。

「これが、ポリープです」

「はぁ」

「今、ざっと調べただけで、一五個ぐらいのポリープがありました」

「はぁ」

「ポリープのなかでも、腺腫《せんしゅ》性ポリープという種類のものなのですが、一センチを超えるとがん化する危険性が高いとされています」

「……え？」

このとき、ようやく私の頭にイヤな予感が浮かびました。

「横井さんの腸にあるポリープは五ミリぐらいのものが多いのですが、なかには一～一・

五センチのものもあります。早急に取り除く手術を行い、生検をしたいと思います」

「……」

「もしがんだったとしても、非常に初期での発見ですから」

私は、頭の中が真っ白になりそうなのを懸命にこらえ、「よろしくお願いします」と言うのが精いっぱいでした。ポリープの除去手術は二日後に行われることに。こうなった以上、父ががんである可能性も考えて行動しないといけません。

まず最初に考えたのは、母への連絡をどうするかでした。母の精神状態が良好なら、本当のことを伝えるべきなんでしょうが、下手《へた》に刺激すると状況を悪化させる危険性があるため、迂闊《うかつ》なことはできません。判断に迷った私は、母の主治医に事情を伝えることにしました。

私の話を一通り聞いた主治医は、「当面、このことは内緒にしておいてください」と言いました。

「先日、横井さんとお父さんが面会に来られて以来、不安定な状態が続いています。今日も『父さんが殺された』などと言っておられましたし、新たな不安を与えるようなことは避けたいところです」

「そういえば入院前から、なぜか『父さんが死んだ』と言うことが多かったですね」

「お母さんのなかで、お父さんのことはそれだけ大切でもあり、不安の対象でもあるということなんでしょうね」

まぁ、隠しておくしかないだろうなぁ……。主治医との電話を終えた私は、互いの意見が一致したことにある種の納得をしていました。

次は仕事の心配です。もともと、長い休みを取る予定はまったくしていなかったので、大阪には恐ろしい量の仕事がたまっているはずです。とはいえ、上司や同僚などに状況を伝えないわけにはいきません。

重い気持ちで会社に電話をすると、年輩の同僚が出ました。

「おぉ、横井くん。ゆっくり休めていいなぁ」

一瞬、カチンときたものの、この同僚には詳しい事情を説明したわけではありません。私は怒りをこらえつつ、「ご迷惑をおかけしています。課長をお願いしたいのですが」と頼みました。

上司は電話口に出るやいなや「横井くん、いつ仕事に戻れるかな?」と、ひと言。

「いや、それが……」

「○○のまとめ役をしている横井くんの代わりは誰もできないから」

「いや、その……」

「事情はわかるけど、昨日今日みたいに急に休まれると困るんだよ」

「すいません……」

話すうちに、どんどんと状況を説明しにくい感じになっていきます。

「あぁ、ごめんごめん。こっちばかり話してちゃいかんな。で、そっちはどうなった？」

「実は……」

私は覚悟を決めて、父ががんかもしれないこと、二日後に除去手術が決まったこと、生検をすることになったことなどを伝えました。

「……すまなかった」

私の説明を聞き終えた上司は、そう言いました。

「はい？」

てっきり文句を言われると思っていた私は、思わず間抜けな声を出してしまいました。

「だから、すまなかった。さっき言ったことは、すべて忘れてくれ。横井くんの状況もわからないうちから、勝手なことを言ったのを許してほしい」

「いや、こちらこそ……」

「仕事のことは、僕や○○くんが協力して、どうにか対応するから」

「はぁ……」

「きみの代わりは完全には務まらないだろうけど、とにかく任せてくれ」

「……ありがとうございます」

上司に電話を代わってもらい、別の同僚などにいくつかの業務連絡を行うと、みんな口々に「よくわからないけど、なんか大変なことが起きたんだって？」と、心配の声をかけてくれました。なかには「俺も仕事休んで、何か手伝いに行こうか？」と言ってくれる人まで。夢中で仕事ばかりしていたときには気がつかなかったものの、意外に優しい人たちに囲まれていたんだなぁ、などと温かい気持ちになりました。

ちなみに、最初に「ゆっくり休めていいなぁ」と言った同僚からは、後日、謝罪の言葉とともに、お茶をおごってもらいました。

父のお願い。

会社に電話をしたあと、私は妻に連絡をとって状況を説明。「私も三重に行こうか？」と言われたものの、大阪に残って普段通りの生活をしてもらうように伝え、電話を切りました。

最後の連絡先は、母です。

「お父さんのことを心配して調子が悪くなっている」という主治医の言葉を頭に浮かべつつ、病院に電話して母を呼び出すと、「あぁ、孝治か」と、思いのほかしっかりとした声で電話に出ました。

「ちゃんとお医者さんの言うこと聞いてる？」

「あぁ」

「夜はちゃんと眠れてる？」

「薬を飲まされるから、すぐに寝ちゃう」

「ご飯はしっかり食べてる？」

「食べすぎて、太っちゃう」

「入院したときはガリガリだったんだから、せめて一五キロぐらいは体重を増やさないと」

「わかった」

いつも通りの会話のあと、私はなるべくさりげなさを装《よそお》って父のことを切り出しました。

「あ、それと父さんのことだけど」

「あぁ」

「だいぶん元気になったから」

「……嘘をつくやない」

「いや、嘘じゃ……」

「私にはわかる。あいつらに薬を飲まされて、無事なはずがない」

「だから元気だって」

「元気なら、電話に出してみろ」

病室のベッドで、茫然自失《ぼうぜんじしつ》している父と話をさせるわけにもいきません。

「いや、今はちょっと……」

「やっぱり私、退院する」

「え、いや、何で？」

「おちおち入院している場合やない。孝治、お前まで危ない」

「俺は危なくないから」

結局、長電話を見かねた看護師が止めに入るまで、私と母の押し問答は続きました。

母をうまくごまかしきれなかったことに反省しつつ、父の病室に戻ると、ベッドで仰向《あおむ》けになった父が涙を流していました。人一倍怖がりで、肉体的な苦痛に弱い父のことです。きっと自分ががんかもしれないと言われ、怖くてたまらなくなったのでしょう。

私は「どうした、父さん？」と、優しく声をかけました。父は私のほうをチラリと見て、また中空へと視線を戻しました。涙を隠そうというそぶりもありません。

ベッドの近くに置いてあるいすに腰掛けたものの、間が持たない感じになった私は、「テレビを見るカード、買ってくる」と言って、病棟の廊下に出ました。

ついでに売店に寄って、テレビ用のイヤホンとお茶を購入。病室に戻ろうと病室のドアノブに手を伸ばしたところで、中から出てきた看護師とすれ違うことに。軽く会釈《えしゃく》して病室に入ろうとすると、「ちょっと、こちらへ」と私を廊下のほうへ誘導しました。

「さっき様子を見に来たんですが、横井さん、ずっと泣きながら『孝ちゃんに頼まなきゃいかんことがある』って言ってましたよ」

「何の頼みか言ってました？」

「よくわからないんですが、ほしいものがあるような感じです」

「わかりました。本人に聞いてみます」

病室に入った私は、努めて明るい声で父に、「父さん、ただいま」と声をかけました。

「さっき看護師さんに聞いたんだけど、何か俺に頼みがあるんだって?」

私を見返した父の目は、赤く腫《は》れ上《あ》がっていました。

「孝ちゃん……」

「ん? どうした? 何でも言ってみな」

いつになく優しく話しかける私に気が緩《ゆる》んだのか、父は涙をこぼし始めました。

「……ほしいものがあります」

「ん、何がほしい?」

「……ワシはこのままだとおしまいです」

「いや、そんなことはないから」

「……孝ちゃんに助けてほしいです」

「何? 俺にできることならしてやるから」

真剣な父の姿に、私もマジメに聞かねばと思い、父の近くに寄ってベッド横のいすに腰掛けました。

「ワシは手術をすることになりました」

「うん、手術というほど大げさなものでもないみたいだけどね」

「がんです。もう、おしまいです」

「まだがんと決まったわけじゃないし、先生も言っていた通り、すごく早い段階での発見だから、そんなに心配することないって」

どうやら父は自分ががんだと信じ込んでいるようです。

「前にテレビで見たことがあるんですが……」

「ん？」

「大手術になったら、代わりの臓器が必要になることがあります」

「ん？　だから？」

「もし代わりの臓器が要ることになったら、孝ちゃんのをください」


一瞬、私は何を言われたのか、よく意味がわかりませんでした。

「え、何？」

「だから、孝ちゃんの臓器をください」

「……ちょっと待て」

「家族の臓器なら大丈夫なはずです」

「……待てってば」


これは何だ？

父さんは何を言ってるんだ？

臓器？

俺の臓器がほしい？

なぜほしい？

自分が生きるため？

俺が死んでもいい？

なぜ？


「孝ちゃん、孝ちゃんってば！」

私が軽いパニックに陥《おちい》っているのに焦《じ》れたのか、父が大声を上げます。

「孝ちゃん、聞いとる？　頼む、頼むがや！」

どうやら、父は本気で私の臓器を取り上げてでも、自分が生きたいと考えているようです。どこの世界に、実の息子の臓器を積極的に奪おうとする親がいるのでしょうか。自己中心的な父だとは思っていましたが、私は驚くやら、呆れ果てるやらで、うまく言葉を発することができませんでした。


「いや、あの……」

「さっき孝ちゃんは何でもくれると言ったがね！」

「大声を出して、どうしました?」

父の声が廊下まで聞こえていたのか、先ほどの看護師が入ってきました。

「今、孝ちゃんに大事なことを頼んどるんだがや!」

「何をですか?」

「実は……」

他人が入ってきたことで、ようやく自分を取り戻した私が事情を説明すると、看護師はしばらく絶句したあと、「えっと……、大丈夫ですよ」と言いました。

その後、看護師と二人で手術といっても、臓器移植が必要な大規模なものではなく、内視鏡でポリープを摘出《てきしゅつ》するだけの簡単なものであることを一生懸命に説明。どうにか父が安心して、臓器の話をしなくなったのは三〇分後ぐらいでした。

病室から出て行く際に看護師が私に言った、「大変なお父さんですね」という言葉は、今でも心に残っています。

退院した父。

さんざんと大騒ぎをした割には、父のポリープ摘出の内視鏡手術はあっさりと終わりました。一~二時間ほどの手術を終えて出てきた医師は、「かなり大きいポリープがありましたが、おそらくがんではないでしょう」と説明してくれ、やれやれといったところです。

病室に戻ったあと、「ほら、心配しなくていいって言ったろ」と父に声をかけると、「○○先生のおかげだ。本当に名医だ」と喜んでいます。がんでなかったこと自体は別に医師の手柄ではないのにと思ったものの、あえて否定する理由もないので適当に話を合わせました。

手術の翌日には退院。

父を実家に連れて帰り、父に母宛の電話をかけさせたのですが、開口一番に「母さん、ワシ、がんじゃなかったがね～」と言ってしまい、なんで入院したのを黙っていたのかと怒る母をなだめるのに苦労したのが印象に残っています。

後日、生検の結果を聞くために父を連れて病院に行くと、結果はめでたく「シロ」。医師から「念のため、一年に一回は内視鏡検査をしてください」と言われた父は、「もちろんです。先生は命の恩人です」と、うれし涙を流しながら何回も頷いていました。

無事に退院して実家に戻った父は、それまで以上に家事などをやらなくなりました。少しは片付けるように言っても、「はぁ、すいません」「ワシは病み上がりだもんで……」などと言って、そのまま知らんぷりをしてしまいます。

「○○をしてよ」「はぁ、すいません」といった不毛な会話を何回も重ねたあるとき、私が本気で声を荒らげるような出来事がありました。

タオルを出そうと私が洗面所に行ったときのことです。

実家の洗面所は脱衣所を兼ねた造りで、隣が浴室になっています。洗面台の上には扉付きの棚があり、そこに洗って乾燥させたタオルをまとめて入れていたのですが、手を伸ばして一本のタオルを取った私は、妙な湿り気を感じました。

「あれ？　この前に帰省したとき、ちゃんと乾かしたはずなんだけど……」と思い、タオルを見るとうっすらとカビが生えています。ニオイを嗅《か》いでも、やはりカビ。

不思議に思って他のタオルを引っ張り出しても、同様に湿っており、黒っぽいカビが生えています。次々とタオルを出して確認したところ、二〇本以上のタオルにカビが生えていました。

「父さん、ちょっとこっちに来て！」

大声で呼ぶ私の声に応えて、父が洗面所に顔を出しました。

「孝ちゃん、何？　今、ゲームしてるのに……」

「タオル、どういう使い方してる？」

「タオル？　顔や体を拭くのに決まっとるがね」

「いやそうだろうけど、これはどういうこと？」

カビの生えたタオルを顔の前に突き出された父は、「変なニオイがするがや」と顔をしかめました。

「もしかして、濡れたタオルをそのまま棚に戻してない？」

「はぁ……」

「それにしても、なんでこんなにたくさん……」

「この間、タオルを取ろうとしたら全部落ちてきたもんで、まとめて体を拭いたがね」

「えっ？」

「で、タオルがなくなると困るから、そのまま戻しておいたがね」

「……お前というヤツは！」


その後、「誰が洗濯してると思ってるんだ！」「どこまでバカなんだ！」と大声で父を叱りとばしたものの、父は形だけの謝罪を繰り返すのみで、何を怒られているのかよく理解できていない様子。結局はいつものように、私が呆れて黙ることによって、その場は収まりました。

高齢福祉課との出会い。

父が退院して三週間ほどがたった頃、私は高額療養費の申請のため町役場を訪れました。毎月、母の入院代についても申請を行っていたのですが、今回は父の分もまとめて申請することに。保険課の窓口の人から「いつもお疲れさまです」と声をかけられるなど、ちょっとした顔見知りになっていました。

手続きを終えてふと顔を上げると、いつもの「保険課」という看板の真横に、「高齢福祉課」という看板があるのを発見。「何か役に立つような制度ってないかなぁ？」と思い

介護の心構え⑫

●自治体のサービスを活用しよう

①市区町村の高齢福祉課
住んでいる地域でどんな高齢者福祉サービスが行われているかを知るには、市区町村の高齢福祉課を訪ねるのが一番です。サービスメニューや申請方法が書かれたパンフレットをもらっておけば、必要になったときにすぐ確認することができます。

②地域包括支援センター
お年寄りが住み慣れた地域で暮らせるよう、さまざまな相談に乗ってくれるのが、地域包括支援センターです。保健師や看護師、社会福祉士、主任ケアマネジャーなどが所属しており、介護予防マネジメントをはじめ、高齢者への総合的な支援を行っています。

所在地を確認しておき、少しでも気になる点や悩みがあれば相談に行ってみましょう。

立ち、窓口の職員に声をかけてみました。

「すいません。今、母が入院しているため、高齢の父が独りで暮らしていまして」

「あぁ、はいはい」

「こちらの町で、何かサポートしてもらえるような制度やサービスがあればと思って、声をかけさせていただいたんですが……」

「少々お待ちください」

ほどなくして職員が棚からパンフレットのようなものを持って窓口に戻ってきました。

「お父さんは介護保険の要介護認定を受けておられますか?」

「いえ、受けていません」

「普段の生活はしっかりできているんでしょうか?」

「いや、私が帰省して世話を焼くことで、どうにかこうにかといった感じです」

「息子さんは、どちらにお住まいで?」

「大阪です」

「それは、さぞかし大変でしょう。特に心配されている点は、どんなことですか?」

私は、毎日の食事や水分摂取を怠《おこた》ったおかげで父が入院したことや、何か問題があったとしても父がなかなか本当のことを報告してくれないこと、父が一切の家事などを行わず、注意力も散漫なので火の始末が怖いことなどを伝えました。

「そういうことでしたら、まずは配食サービスの利用を検討されるといいでしょうね」

◎地域包括支援センターの主な機能

介護予防の拠点	要支援１～２の高齢者を対象に、介護予防ケアプランを作成。生活機能の維持・向上に効果がある予防サービスを実施する。
相談の受け付け	介護、医療、福祉、保健などさまざまな制度や社会資源を生かし、総合的な相談を受け付ける。
権利擁護	高齢者の財産管理や虐待問題などについて、適切な機関と連携を行いながら支援を行う。
地域のケアマネジャー支援	ケアマネジャーを対象とした研修会の実施や、ケアマネジャーのネットワーク作り、ケースワークについてのアドバイスなどを行う。

「はぁ……」

「一度、介護保険の認定調査も受けていただいたほうがいいでしょうし、専門の担当者がいる庁舎が、ここから車で五分ぐらいのところにあるので、相談に行かれてはどうでしょうか?」

「わかりました。ありがとうございます」

私は深々と頭を下げながらも、大きな疑問を抱えていました。

もしかして自分がやっているのは介護なのか? 介護って、寝たきりの人のおむつを替えたり、車いすを押してどこかに連れて行ったり、お風呂に入れてあげたりすることじゃないのか?

そう。そのときの私には、介護というのは「体が不自由になった人の身のまわりの世話をすること」といった程度の認識しかなかったのです。

そうした疑問を持ちつつも、父の食事の心配が解決するかもしれないことに希望の光を見たような気がした私は、「父を実家で留守番させておいてよかったなぁ」などと考えつつ、いそいそと車を走らせました。自分では何もできないくせに、自分が「できる人」であると他人に思われたい父が、「介護」なんて言われた日にはヘソを曲げるに違いありませんから。

町役場で教えてもらった高齢者福祉の専門部署の入っている庁舎に到着した私は、早速、

介護の心構え⑬

●介護保険とは?

介護保険は、お年寄りに介護が必要になった際に、住み慣れた地域や家庭で自分らしく生活できるよう、また、介護をしている家族の負担が軽減されるよう、みんなで保険を出し合って社会全体で介護を支え合う仕組みとして作られた制度です。

四〇歳以上の国民が保険料を支払い、介護が必要になったときは定率を負担することで、必要な介護度合い(要介護度)に応じて、決まった金額以内で介護サービスを受けることができます(サービスの種類は182〜183ページを参照)。

被保険者は四〇歳以上で介護保険料を納めている人です。

六五歳以上の人は第一号被保険者として要介護となった理由を問われることなく介護保険を利用することができます。

四〇〜六四歳で医療保険に加入している人は第二号被保険者となり、老化に伴う特定疾病によって要介護状態になった場合のみ、介護保険が利用できます。

窓口に。「では、この町が提供している高齢者向けサービスを説明します」と、職員はカウンターに資料を広げ、一つひとつのサービスを説明してくれました。

さまざまなサービスのなかで、私が興味を覚えたのが配食サービス、緊急警報通報装置の貸与、生きがいデイサービスの三つでした。

配食サービスはその名の通り自宅まで食事を届けてくれるサービスで、栄養士が作った昼食と夕食をそれぞれ四五〇円で自宅まで届け、料金を受け渡しする際に安否の確認を行うというもの。放っておくと自分の好物しか食べない父を抱える私にとっては、願ってもないものです。

緊急警報装置の貸与は高齢者の家に通報用の端末を設置し、何か急なことが起こった際にボタン一つで警備会社に通報できるというもの。手続きさえ行えば、無償で設置・貸し出しを行ってくれるそうです。

生きがいデイサービスというのは、当時、実家のある町が行っていた事業で、介護保険の要介護認定を受けていなくても六五歳以上であれば、週に一回、デイサービスとして受け入れ、食事、入浴、レクリエーション、健康チェック、送迎などを行ってくれるというもの。これも、父をずっと実家に独りっきりでいさせるより、安心な気がします。

これらのサービスを利用したいと私が言うと、職員はそれぞれの申請方法を教えてくれました。それによると、緊急警報装置の貸与はここで書類をもらえるものの、配食サービスと生きがいデイサービスについては、もう一度役場の本庁に戻って書類をもらう必要が

◎ 40 ～ 64 歳の人でも介護保険の対象となる特定疾病

●末期がん	●脳血管疾患（脳出血、脳梗塞など）
●筋萎縮性側索硬化症（ALS）	●パーキンソン病関連疾患
●脊髄小脳変性症	●多系統萎縮症
●糖尿病性腎症・網膜症・神経障害	●閉塞性動脈硬化症
●慢性関節リウマチ	●後縦靭帯骨化症
●脊柱管狭窄症	●骨粗しょう症による骨折
●早老症	●初老期における認知症 ※1
●慢性閉塞性肺疾患 ※2	●両側の膝関節や股関節に著しい変形を伴う変形性関節症

※1　アルツハイマー病、ピック病、脳血管性認知症、クロイツフェルト・ヤコブ病など
※2　肺気腫、慢性気管支炎、気管支喘息、びまん性汎細気管支炎

あるとのこと。面倒ではありますが、うまく使えば現状の不安がかなり解消するわけですから、素直に了承しました。

「で、緊急警報装置の通報先は警備会社の他にどこにしますか?」

「あ、それは私宛でお願いします」

「いや、申し訳ないですが、連絡先はこの町の町民の方でないとダメなんです。横井さんは大阪にお住まいですから、対象外ですね」

「じゃあ、このサービスは使えないんですね」

「いえ、誰か町民の方で、何か緊急事態が起きたときに駆けつけてくれる方がいれば、それでいいんですが」

定年間近に今の住居に引っ越した両親は、近所付き合いが下手で、ほとんど二人だけで過ごしてばかり。手を差し伸べてくれるような人は思い当たりませんでした。

「……いません」

「え? いや、でも一人ぐらい」

「だから、緊急事態に助けてくれそうな人はいません」

私はそう伝えるしかありませんでした。

「申し訳ありませんが、どなたか連絡先になっていただける町民の方がいなければ、緊急警報装置の貸与はできませんね」

「そうですか……」

●要介護認定で「非該当(自立)」と判定されても利用できる公的サービス

市区町村によって受けられるサービスが異なるので、高齢福祉課や地域包括支援センターで確認しましょう。

◎市区町村による高齢者福祉サービスの例
- ●家事サポート
- ●ショートステイ
- ●配食
- ●福祉器具貸し出し
- ●デイサービス
- ●移送
- ●日常生活用具給付(電磁調理器、火災報知器など)
- ●日常生活自立支援(金銭管理など)

◎市区町村による介護予防サービスの例
- ●筋力トレーニング
- ●認知症予防・支援
- ●栄養改善
- ●うつ病予防・支援
- ●口腔機能向上
- ●閉じこもり予防・支援

実家の隣人に頼んでみようかとも思ったのですが、必要以上に見栄っ張りの父のことです。母が精神の病気で入院していること、自分自身が誰かの世話にならなければいけないことを、素直に近所の人に伝えられるはずがありません。

また母が入院する前に、病気による妄想から、「隣の家の人が勝手に庭に忍び込んでくる」「裏の家の人が午前三時頃にバーベキューをやって大騒ぎする」「向かいの家の子どもが、親の命令でうちの庭の砂利を盗みに来る」などと、ひどいことを言っていたのも私を躊躇《ちゅうちょ》させました。

そのときは「勘違いしているだけだろ。なぁ、父さん」と父に助け船を出してもらおうとしたら、「ワシも見た」などと母の妄想を肯定するような嘘をつくので、余計に話がややこしくなったりしたものです。「なんで、そんなこと言うんだ」と私が怒ったら、「何回も母さんが同じことを言うから、そんな気がしてきたがね」と言い訳。

さらに不思議なことに、それから両親二人とも近所の人を妙に敵視したり、怯えたりするようになり、昼間でも雨戸やカーテンを閉め切っていました。

そんな状態で近所の人との関係が良好なはずはありません。

結局、私は緊急警報装置を諦《あきら》めることにして、役場の本庁に戻ることにしました。

本庁に戻ると、先ほど私にパンフレットをくれた高齢福祉課の職員がいました。

配食サービスと生きがいデイサービスを利用したい旨を伝えると、申込書を手渡してく

◎シルバー人材センターによる介護サービスの例
- 家事サポート
- 外出・通院の付き添い
- 買い物
- 介助
- 調理
- 話し相手

れながら、「介護保険の手続きについても聞いていただけましたか？」と質問を受けました。

「いいえ、一つひとつのサービスについては教えていただいたんですが、介護保険のことについては特に……」

「おかしいですね。生きがいデイサービスよりは、介護保険のデイサービスのほうが自己負担額が安いですし、そちらが使えるようなら、そちらを利用したほうがいいはずですが」

「それぞれのサービス内容は違うんですか？」

「いいえ、まったく同じです」

当時は介護保険のサービスが始まったばかりで、それまでの老人福祉サービスとのすみ分けや役場での役割分担など、さまざまな部分が整備されていなかったようです。

「とりあえず、今日のところは配食サービスの申し込みだけをしておかれてはどうですか？」

「はい。あと、介護保険の手続きは、ここでできるのでしょうか？」

「えぇ、ここでもできるのですが……」

「……？」

「横井さんの場合、○○在宅介護支援センターに一度行かれたほうがいいかもしれません」

耳慣れない言葉に、私は質問を返しました。

「そこは、どういうところなんですか？」

「簡単に言えば、介護についての困りごとの相談に乗ってくれるところです。町からの委託で、○○法人さんが運営しています」

「もしかして……」

「えぇ、横井さんのご自宅がある住宅団地の入り口にある○○クリニックや、○○特別養護老人ホームと同じ敷地でやっているんです」

○○クリニックとは、脱水症状で倒れた父を最初に診察して、○○病院を紹介してくれたところです。

「介護保険の申請をされると、専門の人が認定調査というものに訪問するんですが、それも○○法人さんの方が行かれる場合が多いですし、配食サービスも同じところがやっているんですよ」

「確かに、一度お伺いしたほうがいいかもしれませんね」

「今から行かれるようなら、私のほうから先方に電話を入れておきます」

私は職員に感謝の言葉を告げると、○○在宅介護支援センターに向かいました。

Kさんとの出会い。

○○在宅介護支援センターは、自宅から歩いて一○分もかからないところにありました。外から見た印象よりはるかに奥行きがあり、敷地・建物ともに広々としています。外観・内装ともにまだ新しい感じで、母の入院している古めかしい病院とはかなりの違いです。

事務室で自分の名前を伝えて用件を話そうとすると、「横井さんですね、お待ちしておりました」とジャージ姿の女性が現れました。私より五〜六歳ほど年上に見えるその女性は、親しげな笑みを浮かべています。

Kさんと名乗ったその女性は、私を応接室へ案内しながら「私はこちらの相談員と、介護保険の調査員と、ケアマネジャーをやっています。まぁ、なんでも屋みたいなもんです」と自己紹介をしてくれました。

応接室で二人きりになると、Kさんは「まず、これまでの経緯を教えていただけますか?」と言いました。可能な限り相談者の抱えている悩みを聞いたうえで、それを解決する方法を一緒に考えたいというのがその理由でした。もちろん私に異存はありません。母が入院に至った過程や、身のまわりのことが何ひとつ満足にできない父に手を焼いていることなどを、具体的なエピソードや、ときには愚痴を交えながら伝えました。

Kさんは、時折質問を挟みながら根気よく私の話を聞き、ポイントとなりそうな点をメモしています。一通り話し終わった頃には一時間以上が経過していました。

Kさんと話すうちに、私自身の中でモヤモヤとしていた悩みや苛立ちも薄れ、現状の問題に対し、どうすれば前向きに対処できるかを考えられるようになってきました。

「それで横井さんご自身は、どうしたいとお考えですか?」という質問に対し、私が答えたのは、次のような内容です。

介護の心構え⑭

●介護計画を立てよう

まずは在宅か施設入居かを決めましょう。

住み慣れた自宅で暮らさせるのか(在宅)、それとも施設に入居させるのかは大きな選択です。

在宅介護の場合、家族にかかる負荷はどうしても大きくなるもの。親自身の希望や心身の状況、家族だけでどこまでの介護ができるか、金銭的な余裕があるかなど、一時の感情だけでなく総合的に判断したいものです。

介護、なかでも在宅介護を行っていくうえで大切なのは、家族同士で助け合うこと。誰かに負担がかかりすぎると、遅かれ早かれ問題が起きてくるものです。

遠くに離れて暮らしている者は、近くに住んで親の面倒を見るきょうだいに対して金銭的な援助をするなど、「みんなで親の面倒を見る」という姿勢を貫くよう気をつけましょう。

・母が入院している間、実家が荒れ果てたり、火事などを出さないようにしたい。
・父が脱水症状や栄養の偏《かたよ》りなどで体調を崩さないようにしたい。
・母が退院したあとも、父の世話などでストレスをためすぎないようにしたい。
・仕事や家族のことを考えると、同居は無理。大阪から月に数回通ってできる範囲で親の暮らしを支えたい。

これに対し、Kさんからのアドバイスは次のようなものでした。

・入院しているお母さんについては、病院側がしっかりケアしてくれているはずなので、まずはお父さんが優先だと思う。
・なるべく早く介護保険の申請をしてほしい。利用可能となるサービスの幅がぐっと広がる。
・横井さんの考え通り、配食や見守りについてのサービスは利用したほうがよい。
・お母さんの退院後のことについては、まだ時間の猶予がありそうなので、緊急の問題に対処してからにしてはどうか。
・現時点で横井さんが同居することは考えないほうがよい。生活そのものができなくなってしまっては元も子もない。社会資源をうまく生かす方法を一緒に考えていきたい。

こうして書き出してみると当然のことばかりにも感じられますが、混乱と悩みのなかにいた当時の私にとっては、いちいち納得できることばかり。Kさんへの信頼感は一気に高まりました。

「何を最優先すればいいでしょうか？」と尋ねる私に、「介護保険と配食サービスの申請ですね」と答えるKさん。どちらも在宅介護支援センターで手続きすることができるそうなので、すぐにお願いすることにしました。

「それでは、現状の介護保険証と印鑑を持ってきてください。あと、できれば一度お父さんを連れて来てもらえませんか？」

「えぇ、でも父を連れて来たら、『介護なんて、とんでもない』とか怒り出しそうな気がするんですが」

「確かにそう言う方もおられますが、まぁ、お任せください」

自信ありげに微笑むKさんを見て、私は素直に頷いていました。

このKさんとの出会いは、その後の介護生活に大きな影響を与えるものとなりました。

在宅介護支援センターから一度実家に戻った私は、父を連れてKさんのもとに行こうとしたのですが、「ワシをどこに連れて行くんだ？」とグズグズ言って、腰を上げようとしてくれません。

「いろんなことを相談に行くだけだよ」

「知らない人になんか会いたくないがや。今のままで何の問題もないがや」

「いや、問題は多いだろ」

「大丈夫、ワシに任せてチョー」

「任せられるもんか」

「孝ちゃんが頑張ればいいがね」

「お前というヤツは……！」

子の心親知らずとは、このことでしょうか。あまりに身勝手な父の言い草に、「勝手にしろ」と怒鳴りつけたくなったのですが、先ほどのKさんの笑顔を思い出してグッとこらえて、奥の手を使うことにしました。

「一緒に相談に行ってくれたら、その足で晩飯にうなぎを食べに行こう」

「え？」

父の表情が一気に変わります。

「ん？　うなぎ、食べたくないの？」

「食べたいに決まっとるがや」

我が父ながら、なんてわかりやすい反応でしょうか。

私が生まれ育った津市には有名なうなぎ屋があり、私が三重に住んでいる頃はもちろん、関西に住むようになってからも、帰省した際には家族で食べに行くのが恒例でした。

ただ、母が発病してからはそんな余裕もなく、しばらく足を運んでいませんでした。

「あ、でもワシらだけが食べたら、母さんに悪いがや……」

父にしては珍しく自制心のあるところを見せたものの、「大丈夫。俺や父さんが元気に暮らすことは、母さんにとってもうれしいはずだし」という私の言葉に、「それは、そうだがや」と満面の笑みで頷きました。こうなったら話は早いものです。

「孝ちゃん、すぐに行くがや！」

「ちょっと待って、窓を閉めたり戸締まりぐらいしないと」

父に急《せ》かされるようにして、在宅介護支援センターに向かうことになりました。


在宅介護支援センターに着いた父は、物珍しそうにキョロキョロしています。先ほどの事務室でKさんを呼び出すと、奥のほうから駆け足で父の前までやって来て、「はじめまして、横井さん。お待ちしておりました！」と元気いっぱいのあいさつをしました。

「は、はぁ、どうも……」

父は面食らった様子で、モゴモゴと返事。

父は人見知りが激しいタイプで、めったに他人に心を開きません。

「どうぞ、こちらの応接室へ。入院されていたと聞きましたが、お体の具合はいかがですか？」

Kさんは、グイグイと自分のペースで話を進めていきます。

「はぁ、ボチボチです」

「それはよかった！　奥様や息子さんのためにも、早く元気になっていただかないと」

「はぁ……」

応接室のソファに座り、勧められるがままにお茶を飲んだ父は、いかにも居心地が悪そうです。なんとかとりなそうと口を開きかけた私を、Ｋさんは目で制しました。

「横井さん、いい息子さんをお持ちでうらやましいですね」

「あぁ、はい」

「最近の若い方は独立したら実家に寄りつかない人がほとんどですし、こうやって親御さんのことを心配して動く方なんて、珍しいですよ」

「はい。息子には感謝しています」

「息子さん、横井さんのことや奥様のことを、とても心配しておられましたよ。本当にご家族の仲がよろしいんですね」

父の目を見ながら、ゆっくりと話すＫさんの言葉には、何か不思議な力があるように感じられました。


「ぜひ、お願いします」

父に対するＫさんの語りかけは、あくまで優しく、そして諭すかのようでした。

「横井さんは、息子さんや奥様のために、いつまでも元気でいたいとは思いませんか？」

「それは、もちろんです」

「でも、毎日毎日スーパーのお弁当やレトルト食品ばかりでは栄養が偏ってしまいますよね」

「えぇ、それは確かに」

「横井さんが入院されたのも、自分がバランスのとれた食生活をさせてやれなかったせいじゃないかと、息子さん、ずいぶんと反省しておられましたよ」

実際のところ、私はKさんに対してそんなことを言っていません。ただただ「うまいなぁ」と感心しながら、二人の話に耳を傾けるだけでした。

「息子は、よくやってくれてます」

「そうですよね。私も仕事柄、多くのご家族とお会いするんですが、こんなに親御さん思いの息子さんは見たことがありません。でも、そんな息子さんが、自分だけでは満足なことができないと悩んでおられるんです」

「そんな……。ボクはどうすればいいんでしょうか？」


父が「ボク」といった瞬間、私は「来た！」と思いました。

以前から父は、自分のことを認めてほしい、この人は自分より格上なんだと感じた相手と話すときは、一人称が「ボク」となる癖《くせ》があったからです。それはまさに、Kさんが父

介護の心構え⑮

⓯親が介護をしぶったときの説得方法

お年寄りの場合、「誰かの世話になるなんて……」という抵抗感が強く、特に第三者による介護を嫌う人が少なくありません。いくら話してもなかなか聞き入れてもらえない場合は、医療ソーシャルワーカーやかかりつけ病院の主治医などに説得をお願いするのも一つの方法です。

いわゆる「先生」の言うことに耳を傾けやすいのは、多くのお年寄りに共通する傾向です。

の心の扉を開けた瞬間でした。

しかしKさんは、父の問いかけにすぐ答えるのではなく、「横井さん、おいしくて栄養のあるものは好きですか？」と、あえて話をそらせるようなことを言いました。

「はぁ……。もちろん大好きです」

「毎日、そんなおいしいお弁当が家まで届いたら便利だと思いませんか？」

「えぇ、確かに」

「実は、この事務所の横の建物で、そうしたお弁当を作って、いろんな方のご自宅まで届けるというサービスをしているんです」

「はぁ……」

「でも、あんまり高いと、家計の心配もありますからイヤですよね？」

「そうですね」

ここで一度、Kさんは私に質問を投げかけました。

「息子さん、今のお弁当代っていくらぐらいですか？」

「一食六〇〇円ぐらいですね」

Kさんは、再び父のほうに向かって話を続けます。

「横井さん、スーパーのお弁当に飽きたりしていませんか？」

「でも、ボクは自分で作れませんから……」

「横井さんぐらいの年齢の男性が料理ができないのは、別に恥ずかしいことじゃないいんですよ。それだけ一生懸命に働いて、ご家族を支えてこられたということですし」

「えぇ」

「でも、毎日同じようなお弁当だと、うれしくはないですよね。揚げ物とかも多いので、年輩の方にはくどかったりしますし」

「はぁ、確かに」

父は申し訳なさそうに私のことをチラッと見たあと、頷きました。

「うちのお弁当は、専門の栄養士が栄養のバランスを考えながら、毎食いろんな料理を作っているんです」

「ほぉ……」

「私もほとんど毎日食べているんですが、おいしいですよ」

「へぇ」

「今、横井さんが食べているスーパーのお弁当のお値段が六〇〇円ぐらいだと息子さんが言ってましたよね」

「はい」

「うちのお弁当は、一食当たり四五〇円です」

「えっ」

「お昼と夜の二回、土日もお盆もお正月もお休みなしで、ご自宅までお届けします」

「……本当ですか?」

「もちろん」

ここで私が口を挟みました。

「母の面会などで外出して、そのまま外食する場合はどうすればいいんですか？」

「当日の朝までにお電話いただけたら、キャンセルということで費用はいただきません」

「料金はお弁当が届いたときに渡せばいいんですよね」

我慢できないのか、ここで父が割って入りました。

「ぜひ、うちもその弁当をお願いします」

「えぇ、もちろん」


こうしてまず、配食サービスを利用することが決まりました。配食サービスの申込書に必要事項を記入してKさんに渡すと、「はい、それでは明日のお昼からお届けしますね」とのこと。父は「よかったぁ、助かったぁ〜」などと言っています。

「横井さん、お食事の心配がなくなってよかったですね」

「はい、ありがとうございます」

「そういえば横井さん、息子さんがいないときは、どうやってお過ごしですか？」

「はぁ、普通に過ごしております」

「お掃除とかは、大変じゃないですか？」

「ボクなりに頑張っております」

「それはスゴイ。ご自身で掃除を頑張っておられるのは立派ですねぇ」

「息子に迷惑ばかりかけられませんから」

私はツッコミたい気持ちを抑えるのに必死。そんな私をよそにKさんの話は続きます。

「お風呂やトイレの掃除は、特に大変じゃないですか?」

「……あぁ、それは息子がやってくれてます」

「いい息子さんですねぇ」

「えぇ」

「先ほども伺いましたが、最近の体調は結構いい感じですか?」

「はぁ、ボチボチです」

「朝や夜に、『ちょっとしんどいなぁ』なんて思うことはありませんか?」

「いや……」

「私も多くの高齢者の方とお話しさせていただくんですが、みなさん、お一人で暮らしておられると、ちょっと体調がすぐれないときは不安な気持ちになられるんですよね。横井さんが不安な気持ちになるのは、どういうときですか?」

「やっぱり、体の調子が悪いときです」

「そうですよねー」

Kさんはグイグイと話を引っ張っていきます。

「そういうときに、息子さんがそばにいてくれたら心強いんでしょうけど、普段は大阪で一生懸命に働いておられますからねぇ」

「ええ、それは仕方ないです」

「私たちでは息子さんの代わりは務まらないでしょうけど、それでもある程度はお役に立てるはずですよ」

「へぇ、たとえばどんなことでしょうか?」

ここにきて、父が自分から積極的に質問をするようになりました。私から見ても、父がKさんの話に引き込まれていくのがわかります。

「少しイヤな話ですが、息子さんがお留守のときに、急に気分が悪くなって動けなくなったりしたらと思うと、怖くはないですか?」

「それは、怖いです」

「息子さんに電話しても、大阪から駆けつけてくれるのは、何時間も後になってしまいますよね」

「ええ……」

「でも、ご自身で救急車を呼べる人はめったにいないんです」

「救急車は嫌いです」

父はかつて脳出血で倒れた際、救急車を呼ぼうとした母を、「世間体が悪いがや」などと言って止めた前科があるぐらい、変なところで格好をつけようとします。そのときは私のアドバイスで、サイレンを鳴らさずに救急車に来てもらうという方法で解決したのですが、そんな父が自分で救急車を呼ぶ姿は想像もつきません。

「えぇ、だから救急車を呼ぶ必要なんかありません」

「えっ？」

「万一、横井さんの具合が悪くなったとき、ボタン一つで様子を見に来てくれたり、必要があったらお医者さんを呼んでくれるサービスがあったら安心じゃないですか？」

「それは確かに安心です」

「そんなサービスが、ただで使えるとしたらうれしくないですか？」

「それは、もちろんうれしいです」

「うちで申し込んでいただいたら、それができるんですよ」

「ぜひ、ぜひお願いします」

興奮してKさんに頭を下げる父の姿に驚きつつも、私には大きな疑問がありました。

「Kさん、お話し中すいません」

「はい。息子さん、どうされました？」

「それって、緊急警報装置のことですよね」

「えぇ」

「さっき、お話ししたと思うんですが、町内に様子を見に来てくれるような親しい人がいないと、それは利用できないって役場で聞いたんですが」

私の疑問に、Kさんは笑顔で応えました。

「大丈夫です。すでに手を打っておきましたから」

相談できる相手。

「息子さん、民生委員って知ってますか？」

Kさんは私のほうに向いて、こんな質問をしてきました。

「いえ……、どういうものなんですか？」

「簡単に言えば、地域の福祉関係のお世話役みたいなものです。ボランティアとして、困っている方をいろいろな形でお手伝いしているんですよ」

「はぁ……」

「全国各地で多くの方が民生委員として活動されていますし、もちろん、横井さんのお宅の近くにもおられるんです」

「へぇ、少しも知りませんでした」

「横井さんのお宅からいちばん近くの民生委員さんはSさんという方です」

「はぁ……」

「勝手なんですが、実はさっき私のほうからSさんに電話して、横井さんの個人的な情報はすべて伏せたうえで簡単に事情を説明して、『もし、ご家族から緊急時の連絡先になるよう依頼されたら、引き受けていただけないでしょうか？』とお願いしてみたんです。

そうしたら、『私でお役に立つことなら、喜んで』と言ってくれました」

「……そうなんですか。ありがとうございます」

私はKさんの手際の良さに心から驚くとともに、一度は諦めた緊急警報装置が利用できそうなことに喜びを感じていました。

「緊急警報装置の貸与についての申請書類は、うちの事務所にもありますし、役場のほうでも、『民生委員さんが連絡先になってくれるなら問題ない』と言っていました」

「あ、はい」

「もしよかったら、隣の事務所の電話からSさんに電話して、息子さんから直接お願いしていただけないでしょうか？　今日はずっとご在宅だそうですから」

Kさんに父の相手を任せて、教えてもらった番号に電話をすると、ほどなく年輩の女性が出ました。Kさんからの紹介で電話した旨を伝えると、すぐに要件を察して、「緊急警報装置の件ですね。喜んでお引き受けしますよ」と言ってくれました。

「私の住所や電話番号など必要な情報はすべてKさんにお伝えしてありますし、在宅介護支援センターには私もよく行くので、そのときに書類へ署名や捺印もさせてもらいます」

「本当にありがとうございます」

「いえ、困っている人のお役に立てるのなら、私もうれしいですから。あ、一つだけお願いがあるんですが」

「はい、何でしょうか？」

「近いうちに一度お宅に伺って、お父様ともお話しさせていただけないでしょうか？　できれば私も、たまに顔を出して様子を見させていただきたいと思うので」

もちろん、私に異存があるはずがありません。

「ぜひ、よろしくお願いします」

Sさんに訪問してもらう日時を決めて、父とKさんの待つ応接室へ戻ると、父がうれしそうに何かを話しているところでした。

「父さん、何を一生懸命話してるの？」

「……で、そのときボクが○○先生にお願いして、○○○○という機械を導入してもらったんですよ」

父は話すのに夢中で、私が声をかけたのにも気がつきません。どうやら、昔の仕事の自慢話をしているようです。Kさんはあくまで優しい笑顔を絶やさず、「それは、すごいですね」「それは大変だったでしょう」といった合いの手を挟みながら、「それからどうなったんです？」などと続きを促しています。

「あの、Kさん……」

父の真横に座り、話を遮《さえぎ》ろうとした私に対し、Kさんは目と小さな手ぶりで少し待つように合図。その後、父は三〇分近くもの間、かつての手柄などをうれしそうに話し続けていました。

「息子さん、お疲れさまでした。Sさんは、いつ来られることになりましたか?」

父の自慢話が一区切りついたのを見計らい、Kさんは私に声をかけてきました。Sさんが実家に来てくれることも、すっかりお見通しです。

「来週の土曜の一五時頃に来ていただけるそうです」

「では、私もそのときに一緒にお伺いしてよろしいですか?」

「えぇ、それはもちろん構いませんが……」

かつて、他人が家に来ることをとことんイヤがっていた父の様子を思い出して、説得方法に思いを巡らせる私。

「あのね、父さん……」

「横井さん、今度私と、私がお世話になっているSさんの二人で、お宅にお邪魔しますね」

「はい、楽しみです」

私が口を挟む間もなく快諾する父。完全にKさんの言うがままです。

私が席を外している間に、要介護認定の申請をすることにも同意していたようで、事前にKさんに「念のため」と言われて印鑑を持参していた私は、その場でいくつかの書類にサインをしてKさんに託しました。

後日、Kさんと二人きりのとき、初対面の父の心を簡単に掌握《しょうあく》した秘訣《ひけつ》を尋ねたのですが、「別に特別な秘訣があるわけではありません。普段、お一人で暮らしておられるんですから、まずはお父様自身のことを理解しようと、お話を聞かせていただいただけですよ」とのこと。それが「傾聴」という高齢者と接するための基本の一つであることを私が知るのは、さらに数年後のことです。

それから数日がたち、KさんとSさんは約束通り実家を訪ねてくれました。

「横井さん、お弁当はおいしい?」

「はい、おいしいです」

Kさんと会った日の翌日から配食サービスを利用しており、毎日二食の弁当の内容には父も満足していました。

用意しておいたお茶菓子をつまみながら、父の自慢話や、入院中の母がどんな人物なのかをテーマにしばらく歓談したあと、Sさんだけが先に帰宅。残ったKさんが「実は……」と話し始めました。

「私、要介護認定の訪問調査員もしているんです」

「へぇ、いろんなことをしておられるんですね」

「町から正式に依頼を受けて、横井さんの調査を担当することになったので、もしよかったら今日、このまま調査をさせてもらって構いませんか?」

「えぇ、もちろん」

「簡単な質問と、お体の状態を見るために少し動いていただくだけですから……」

その後、Kさんは調査票を取り出してテキパキと質問を進めていきました。父が見栄を張って、できもしないことを「できます」と答えるたびに、「嘘をついちゃダメだろ」と私も口を挟みながらでしたが、一時間ほどで質問は終了。調査員がすでに面識のあるKさんだったこともあって、父もリラックスした雰囲気のまま答えていました。

帰り際、Kさんは「息子さん、介護保険の申請には、主治医の意見書というものが必要なんですが、かかりつけのお医者様はありますか？」と尋ねました。

「いえ、特には」

「こちらから横井さんが入院前にかかられた○○クリニックの先生に依頼してもよろしいですか？　うちの在宅介護支援センターとは経営母体が同じですし、話が早いので」

「ええ、ぜひお願いします」

こうして要介護認定の手続きも片付いてしまいました。翌日には、緊急警報装置の設置工事も終了。私を悩ませていたいくつかの問題は、ほんの一週間ほどで解決してしまいました。

当時の私にとって、Kさんは救いの神のような存在でした。悩みに対して適切なアドバイスを行うだけでなく、テキパキと実務的な手続きを進め、実際のサービス手配までしてくれるのです。

父がKさんのことを信頼したのも大きなポイントで、私から言ってもダメなことでも、Kさんから話してもらうと素直に従ってくれたりしました。

「介護についての困ったことは、絶対に抱え込んじゃダメです。どんどん相談してください。そのために私たちのような専門職がいるんですから」

笑いながらそう話すKさんは、おそらくその明るさと経験、知識、行動力で、多くの人を支えてきたに違いありません。Kさんとの出会いを通じて、介護を身内だけ、ましてや一人だけで抱え込むことの愚かさと、信頼できる相談相手を持つことの大切さを学ばせてもらいました。

このKさんには、その後もずっとお世話になることになります。

父について、食事などの心配がなくなったことで、私は気分的にかなりラクになりました。毎週一回ぐらい、電子レンジで温めるタイプのご飯とインスタント味噌汁、レトルトのおかゆ、ペットボトルのお茶をまとめ買いしておけば、あとは栄養のバランスを考えた弁当が一日二回届くわけですから、腐ったものを食べて食中毒になったりすることもありません。

緊急警報装置については、ある意味でお守りみたいなもの。使わなければいけないような場面が訪れないのが一番いいわけですし、とりあえずは実家に端末が設置されただけで満足していました。

介護の心構え⑯

●相談できる相手を作ろう

介護を行っていくなかで、さまざまな疑問や悩みなどが生まれてきます。そういうときには一人でくよくよと考え込むのではなく、誰かに相談したり、愚痴を聞いてもらうことが大切。悩みを口に出して誰かに聞いてもらうだけで、かなりのストレス発散となります。

家族同士で気がついたことを話し合ったり、かかりつけの病院の医師や近くの地域包括支援センターに相談するなど、普段から気軽に相談できる相手を増やす努力をしましょう。いざというときにあなた自身を支えてくれる存在になってくれるはずです。

また、身近に相談できる人が見あたらない場合や、もっと大勢の意見を聞きたいときには、インターネットの利用も有効です。

「親ケア・com」が提供しているサービス「親ケア コミュニティ」では、介護者同士が互いの悩みを相談したり、意見を交換することができるので、ぜひ活用してみてください。

※「親ケア コミュニティ」の利用には会員登録（無料）が必要です。

母の病状は、面会に行くたびに少し上向きになったり、逆に少し悪化したりと一進一退を繰り返していました。私が面会に行っている間は、病院の敷地内を自由に行動してもよくなっていたので、病院の売店に連れて行っては母の身のまわりの品やちょっとしたお菓子を買ってあげたり、母の好きな果物を持っていっては中庭で一緒に食べたりしていました。

入院当初、絶望的に寂しく感じられた病院も、何回か通ううちに私自身が少しずつ慣れてきたのか、ちゃんと人間らしい生活が行われていることも見て取れるようになってきました。

同じ閉鎖病棟の患者さんたちのなかにも、私のことを覚えてくれる人が増えてきて、「今日はお母さん、元気そうだわね」などと声をかけてくれたりします。

なかには、私が死んだ夫の生まれ変わりだと信じ込んで、自分の病室に連れ込もうとするお婆さんがいたりもしましたが、そんなときには必ず母が割って入って、「これは、私の大事な息子だから」と言っていました。

当時、妻には「ゴールはまだ見えないけど、それなりに良い方向に向かっているんじゃないかな」などと話していたのを覚えています。

要介護度状態区分の目安

介護認定審査会の審査結果にもとづき、介護保険の対象にならない「非該当（自立）」、予防的な対策が必要な「要支援」、介護が必要な「要介護1～5」の区分に分けて認定され、その結果が記載された認定結果通知書と保険証が届きます。

認定結果に不服がある場合は、60日以内に都道府県の介護保険審査会に不服申し立てを行うことも可能です。

要支援 1	(1)居室の掃除や身のまわりの世話の一部に何らかの介助(見守りや手助け)を必要とする。 (2)立ち上がりや片足での立位保持などの複雑な動作に何らかの支えを必要とすることがある。 (3)排せつや食事はほとんど自分一人でできる。
要支援 2	(1)身だしなみや居室の掃除などの身のまわりの世話に何らかの介助(見守りや手助け)を必要とする。 (2)立ち上がりや片足での立位保持などの複雑な動作に何らかの支えを必要とする。 (3)歩行や両足での立位保持などの移動の動作に何らかの支えを必要とすることがある。 (4)排せつや食事はほとんど自分一人でできる。

要介護 1	(1)身だしなみや居室の掃除などの身のまわりの世話に何らかの介助(見守りや手助け)を必要とする。 (2)立ち上がりや片足での立位保持などの複雑な動作に何らかの支えを必要とする。 (3)歩行や両足での立位保持などの移動の動作に何らかの支えを必要とすることがある。 (4)排せつや食事はほとんど自分一人でできる。 (5)問題行動や理解低下がみられることがある。
要介護 2	(1)身だしなみや居室の掃除などの身のまわりの世話の全般に何らかの介助(見守りや手助け)を必要とする。 (2)立ち上がりや片足での立位保持などの複雑な動作に何らかの支えを必要とする。 (3)歩行や両足での立位保持などの移動の動作に何らかの支えを必要とする。 (4)排せつや食事に何らかの介助(見守りや手助け)を必要とすることがある。 (5)問題行動や理解低下がみられることがある。
要介護 3	(1)身だしなみや居室の掃除などの身のまわりの世話が自分一人でできない。 (2)立ち上がりや片足での立位保持などの複雑な動作が自分一人でできない。 (3)歩行や両足での立位保持などの移動の動作が自分でできないことがある。 (4)排せつが自分一人でできない。 (5)いくつかの問題行動や全般的な理解の低下がみられることがある。
要介護 4	(1)身だしなみや居室の掃除などの身のまわりの世話がほとんどできない。 (2)立ち上がりや片足での立位保持などの複雑な動作がほとんどできない。 (3)歩行や両足での立位保持などの移動の動作が自分一人ではできない。 (4)排せつがほとんどできない。 (5)多くの問題行動や全般的な理解の低下がみられることがある。
要介護 5	(1)身だしなみや居室の掃除などの身のまわりの世話ができない。 (2)立ち上がりや片足での立位保持などの複雑な動作ができない。 (3)歩行や両足での立位保持などの移動の動作ができない。 (4)排せつや食事ができない。 (5)多くの問題行動や全般的な理解の低下がみられることがある。

【要介護認定の有効期間】

要介護認定には有効期間があり、新規の場合は原則として6カ月、更新の場合は市区町村によって1～2年となります。更新の手続きは有効期間が終わる60日前から可能です。

有効期間内であっても、心身の状況が大きく変わったときなどには、いつでも要介護度の区分変更申請が行えます。

介護保険サービス一覧

【要支援は「予防給付」、要介護は「介護給付」】

介護保険のサービスは、要支援1～2と認定された人のための「予防給付」と、要介護1～5と認定された人のための「介護給付」の2種類があります。

予防給付の特徴は、状態がそれ以上悪くならないように、生活機能の維持・改善に主眼を置いていることです。

それぞれ利用できるサービスは、下記の表の通りです。

在宅サービス

※予防給付＝要支援1～2、介護給付＝要介護1～5に該当します。

	サービスの種類	サービスの内容	予防給付	介護給付
訪問	訪問介護（ホームヘルプサービス）	訪問介護員（ホームヘルパー）などが利用者宅を訪問して、入浴、排せつ、食事などの介護や、その他の日常生活上の支援・世話を行う。	○	○
	訪問入浴介護	看護師や介護職員が簡易浴槽を利用者宅に持ち込んで、入浴の介護を行う。	○	○
	訪問看護	看護師などが利用者宅を訪問して、療養上の世話や必要な診療の補助などを行う。	○	○
	訪問リハビリテーション	理学療法士や作業療法士などが利用者宅を訪問して、リハビリテーションを行う。	○	○
	居宅療養管理指導	通院が困難なサービス利用者に対して、医師・歯科医師・薬剤師などが利用者宅を訪問し、心身の状況や環境などを把握しながら療養上の管理や指導を行う。	○	○
通所	通所介護（デイサービス）	通所介護施設（デイサービスセンター）にて、入浴、排せつ、食事などの介護や、その他の日常生活上の支援・世話、機能訓練などを日帰りで行う。	○	○
	通所リハビリテーション（デイケア）	介護老人保健施設や医療機関などで、理学療法・作業療法などのリハビリテーションや、入浴、食事の提供などを日帰りで行う。	○	○
短期入所	短期入所生活介護（ショートステイ）	介護老人福祉施設などに短期間入所して、入浴、排せつ、食事などの介護や、日常生活上の支援・世話、機能訓練などを行う。	○	○
	短期入所療養介護（ショートステイ）	介護老人保健施設などに短期間入所して、看護、医学的管理のもとに介護および機能訓練、必要な医療や日常生活上の支援・世話などを行う。	○	○
その他	介護予防支援 居宅介護支援	要介護認定者が適切なサービスを受けられるよう、下記のような支援を行う。 （1）介護認定の申請手続きや更新手続きの申請を代行する。 （2）介護サービス計画（ケアプラン）の作成およびサービス提供の支援を行う。 （3）利用者からの苦情や疑問を受け付け、対応する。 （4）要介護者が施設サービスへの入所を希望した場合、施設の紹介その他の支援を行う。	○	○
	特定施設入居者生活介護	有料老人ホーム、軽費老人ホーム、ケアハウスなどで、入浴、排せつ、食事などの介護や、その他の日常生活上の支援・世話、機能訓練および療養上の世話を行う。	○	○
	福祉用具貸与	車いすやベッドなどの福祉用具を貸与する。対象品目は次の通り。（1）車いす（2）車いす付属品（3）特殊寝台（介護用ベッドなど）（4）特殊寝台付属品（5）床ずれ防止用具（エアーマットなど）（6）体位変換器（起き上がり補助用具を含む）（7）手すり（8）スロープ（9）歩行器（10）歩行補助つえ（11）認知症老人徘徊感知機器（離床センサーを含む）（12）移動用リフト（つり具の部分を除く）（階段移動用リフトを含む）（13）自動排せつ処理装置（特殊尿器）（本体部のみ。カップ、吸引用ホースなどを除く） ※要支援1～2、要介護1の場合、（1）～（6）および（11）（12）については給付対象外。ただし必要と認められる場合には、例外的に対象となる。（13）については、尿のみを吸引するタイプは要支援1から貸与、尿・便両方を吸引できるタイプは要介護4以上が対象。ただし必要と認められる場合には、例外的に対象となる。	○※	○※
	特定福祉用具販売	貸与になじまない入浴や排せつのための福祉用具の購入費を支給する。対象品目は下記の通り。（1）腰掛便座（2）自動排せつ処理装置（特殊尿器）のカップ、ホース部など消耗品（3）入浴補助用具（入浴用介助ベルトを含む）（4）簡易浴槽（5）移動用リフトのつり具の部分 ※年間の上限10万円まで。指定事業者で購入した場合のみ対象となる。	○	○
	住宅改修費の支給	住み慣れた自宅での暮らしを可能とすることを目的として、日常生活の自立を助けたり、介護者の負担を軽くしたりするための住宅改修工事の費用を支給する。対象工事は下記の通り。（1）手すりの取り付け（2）段差の解消（3）滑りの防止および移動の円滑化などのための床または通路面の材料の変更（4）引き戸などへの扉の取り換え（5）洋式便器などへの便器の取り換え（6）その他（1）から（5）の住宅改修に付帯して必要となる住宅改修 ※要介護者一人につき上限20万円まで。原則として同一住宅について、改修は一人1回限り。事前に申請することが必要（1回の改修で20万円を使い切らずに、数回に分けて使うこともできます）。	○	○

施設サービス

サービスの種類	サービスの内容	予防給付	介護給付
介護老人福祉施設（特別養護老人ホーム）	常に介護が必要で在宅生活の困難な方が、日常生活上の世話、機能訓練、看護などのサービスを受けながら生活する施設。	×	○
介護老人保健施設（老人保健施設）	病状が安定している方が在宅復帰できるように、リハビリテーションを中心とした介護が行われる施設。	×	○
介護療養型医療施設（療養病床など）	急性期の治療を終え、長期の療養を必要とする方のための医療施設。	×	○

地域密着型サービス（原則として、他の市区町村のサービスは利用できません）

サービスの種類	サービスの内容	予防給付	介護給付
夜間対応型訪問介護	夜間、自宅に定期的な訪問介護を行うとともに、緊急時の通報にも対応する。	×	○
24時間サービス（定期巡回・随時対応型訪問介護看護）	1日複数回の定期訪問が行われ、入浴、排せつ、食事などの介護や、その他の日常生活上の支援・世話を行う。また、24時間365日対応可能な窓口が設けられ、電話などで連絡することにより、随時訪問介護・訪問看護サービスが提供される。	×	○
認知症対応型通所介護	認知症高齢者を対象に、デイサービスセンターなどにおいて日常生活上の世話や機能訓練を行う。	○	○
小規模多機能型居宅介護	利用者の心身の状況や家族の事情が変わっても、住み慣れた地域で介護が受けられるよう、一つの拠点で通所介護（デイサービス）を中心に、訪問介護、ショートステイを組み合わせて提供。	○	○
複合型サービス	従来の小規模多機能型居宅介護に訪問看護など他のサービスを組み合わせて、複数のサービスを一つの事業所が一体的に提供する。	○※1	○
認知症対応型共同生活介護（グループホーム）	認知症の高齢者が5～9人以下で共同生活をする住居で、入浴、排せつ、食事などの介護や、その他の日常生活上の支援・世話、機能訓練を行う。	○※2	○
地域密着型特定施設入居者生活介護	定員29人以下の有料老人ホーム（軽費老人ホームを含む）の入所者に対し、入浴、排せつ、食事などの介護や、日常生活上の支援・世話、機能訓練を行う。	×	○
地域密着型介護老人福祉施設入所者生活介護	定員29人以下の小規模な介護老人福祉施設の入所者に対して、入浴、排せつ、食事などの介護や、日常生活上の支援・世話、機能訓練を行う。	×	○

※1　訪問看護の利用は、要介護1以上のみ。　※2　要支援2のみ。

【利用できるサービスには限度額がある】

在宅サービスを受ける場合には、ケアプラン（要支援の場合は介護予防ケアプラン）の作成が必要です。

要介護度によって1カ月に利用できるサービスの上限額が決まっているので、専門機関にケアプランの作成を依頼する際には、親の状態や家族の都合にうまく合ったサービスを組み合わせてもらえるよう、よく相談しましょう。

在宅サービスの支給限度額

要介護度	支給限度額（月額）	個人負担額（月額）
要支援 1	49,700 円	4,970 円
要支援 2	104,000 円	10,400 円
要介護 1	165,800 円	16,580 円
要介護 2	194,800 円	19,480 円
要介護 3	267,500 円	26,750 円
要介護 4	306,000 円	30,600 円
要介護 5	358,300 円	35,830 円

要介護認定の流れ

介護保険を利用するためには、要介護認定を受けることが必要です。本人または家族が、市区町村の介護保険課や地域包括支援センターなどで、介護保険証（40 ～ 64 歳の場合は医療保険証）を提示し、申請を行います。通常、要介護認定には 1 カ月ぐらいかかり、ときにはそれ以上の期間がかかる場合もあるため、サービス利用を開始したい時期から逆算して、なるべく早めに申請を行いましょう。

※地域包括支援センターや指定居宅介護支援事業者、介護保険施設に申請を代行してもらうことも可能です。

【調査員の訪問時には必ず立ち会おう】

認定調査の日時については、事前に市区町村から連絡があります。

必ず立ち会って親の心身の状況についてきちんと伝えましょう。

他人に弱いところを見せまいとする意識から、親自身は調査員の質問に何でも「できる」と答えてしまうことが珍しくありません。日頃の介護の様子などをメモしておき、それを渡すのもいい方法です。

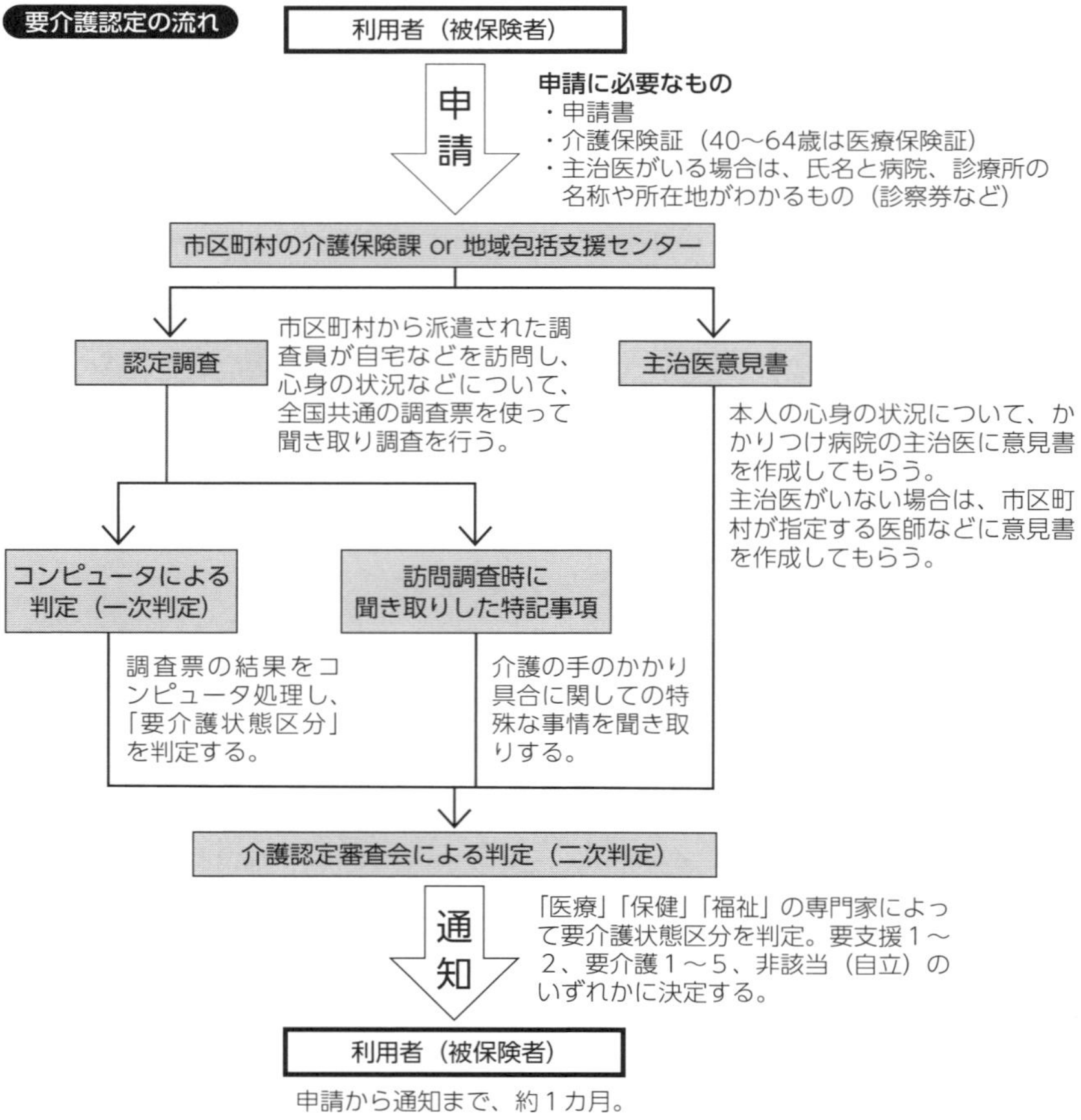
要介護認定の流れ
利用者（被保険者）
申請
申請に必要なもの
・申請書
・介護保険証（40～64歳は医療保険証）
・主治医がいる場合は、氏名と病院、診療所の名称や所在地がわかるもの（診察券など）
市区町村の介護保険課 or 地域包括支援センター
認定調査
市区町村から派遣された調査員が自宅などを訪問し、心身の状況などについて、全国共通の調査票を使って聞き取り調査を行う。
主治医意見書
本人の心身の状況について、かかりつけ病院の主治医に意見書を作成してもらう。
主治医がいない場合は、市区町村が指定する医師などに意見書を作成してもらう。
コンピュータによる判定（一次判定）
調査票の結果をコンピュータ処理し、「要介護状態区分」を判定する。
訪問調査時に聞き取りした特記事項
介護の手のかかり具合に関しての特殊な事情を聞き取りする。
介護認定審査会による判定（二次判定）
通知
「医療」「保健」「福祉」の専門家によって要介護状態区分を判定。要支援１～２、要介護１～５、非該当（自立）のいずれかに決定する。
利用者（被保険者）
申請から通知まで、約１カ月。

第四章
家族の絆。

振り出し以下。

Kさんとの出会いをきっかけに、いくつかのサービスを利用し始めたのが五月の終わり頃。それから三カ月ぐらいは、大きな出来事もないまま過ぎていきました。

当初、三カ月程度と主治医が言っていた母の入院期間もとっくに過ぎて、いつ退院できるのかもわからない状態のままです。母の面会に行った際、主治医に状況を尋ねるものの、芳《かんば》しい答えは返ってきません。

あるとき、主治医が「横井さんのお母さんは、治療する側にとっては難しいタイプですね」と言ったことがあります。

「どういうことでしょう？　何かご迷惑をかけているんでしょうか？」

「いえ、別に治療を拒んだりするようなことはないですし、他の患者さんに迷惑をかけるようなこともありません。むしろ、しっかりしすぎているというか、私や看護師が言ったことを、あまりに過敏に受け止めすぎるところがあるんですよね」

「はぁ……」

「もう少し肩の力を抜いて、他の入院患者さんや看護師とも打ち解けてくれるといいのですが」

「母は引っ込み思案なところを隠そうとするあまり、必要以上にお節介になったりするところがあったので、逆に今は、素《す》の臆病な部分が出ているのかもしれませんね」

主治医は大きく頷くと、話を続けました。

「そのうえ、敏感なのは性格だけじゃないんですよ」

「と言いますと……?」

「薬への反応が極めて過敏で、しかも効きにくい体質なんです」

「薬ですか」

「えぇ。精神の病気の場合は薬物治療が基本となるのですが、お母さんの場合、一般的に適量とされる分を処方しても、なかなか効果が表れにくく、逆に副作用が出やすいんです。お体のことを考えると、あまりキツイ薬を使うわけにもいきませんし、様子を見ながら根気よく微調整を続けている状態ですね」

「退院は、まだ当分先のことでしょうか?」

「そうですね。病棟の外へ出ることはできるようになってきたので、次は近場への外出を何回かしたあとで、日帰りでの帰宅や自宅での外泊などを繰り返してからになりますね」

私は退屈そうに鼻をほじっている父を横目で見ながら、「こんな状態が、あとどれぐらい続くんだろう」などと思い、心の中でため息をつきました。


八月の終わり。母の様子がおかしくなって、ちょうど一年がたった頃でした。

午前中、いつものように仕事をしていると、携帯に覚えのない番号からの着信がありました。少しいぶかしく思いながら電話に出ると、「あ、横井さんですか。私、○○病院の〇〇です」と、聞き慣れた声。電話の主は、母の主治医でした。

「あぁ、いつもお世話に……」

「落ち着いて聞いてください」

あいさつをしようとした私を遮るように、主治医は言葉を重ねました。

「お母さんが、危険な状態です」

私は一瞬、主治医が何を言っているのか理解できませんでした。

数日前に面会に行ったときも、それなりに調子がよさそうで、食事のあとに、私が買い与えたソフトクリームを父と一緒に食べていたのに……。


「横井さん?」

「……あ、はい」

「私たちも全力を尽くしますが、できれば横井さんにすぐにでも来ていただいて、お母さんを励ましていただきたいんです。次にいつ、お越しいただけますか?」

「どういう状況なんでしょうか?」

「急変すると、命に関わる可能性も少なくありません」

「一体、なんでまた……」

「とにかく、詳しい話はお会いしたときに説明しますので……」

「わかりました。昼過ぎにはそちらに到着するよう、これからすぐ出ます」

上司や同僚に簡単に事情を説明すると、作りかけの会議資料とノートパソコンをカバンに詰め込み、会社を後にして、三重県へと向かう電車に乗りました。

電車の中でノートパソコンに向かって作業をしながらも、私の頭は「命に関わります」という主治医の言葉でいっぱいでした。なんで母が死ぬかもしれない状態になっているのか？　少しでも早く病院にたどり着きたくて、電車の速度がすごく遅く感じられました。


母の入院している病棟に到着すると、私はすぐに病室へと案内されました。通常はナースステーションの近くにある面会室までしか入ることを許されないのですが、このときばかりは看護師が「こちらです」と私を先導してくれます。

病室に入った私の目に飛び込んできたのは、ベッドを見下ろすようにしている主治医の背中。私が入室したのに気づいた主治医は振り返り、「申し訳ありません」と頭を下げました。

ベッドのほうに目をやると、ぐったりと横たわる母の姿。身動き一つしていません。


「……え？」


母さんが死んだ？

この間、少しだけど笑顔も見せていたのに？

なんで?

なんで、なんで、なんで……?


「……横井さん?」

言葉を失っている私の様子を見て、主治医が声をかけてきました。

「私たちがついていながら、申し訳ありません」

「え? ……あ、いえ」

「つい先ほど、強めの鎮静剤を打って、お休みいただいたところです」

「……?」


……?

………。

……………!


「母は生きているんですね!?」

「はい。でも危険な状態であることに変わりはありません」

「よかった……。本当に、よかった……。で、母の状態は回復するんでしょうか?」

「全力を尽くします」

とりあえずホッとひと息をついたものの、何がどうしてこうなったのか、私にはまったく理解ができません。

「先生、状況を詳しくお教えいただけますか？」

「えぇ、もちろんです。ナースステーションの横の診察室へ行きましょう」

動かないままの母を病室に残して、私と主治医は診察室へ。

私にいすに座るよう促したあと、主治医はカルテを睨みつけるようにして、しばらくの間、黙りこくっていました。

「先生？」

私の呼びかけに意を決したのか、主治医は声を絞り出すように話し始めました。

「お母さんは、悪性症候群です」

「……悪性症候群、ですか？」

聞き覚えのない病名です。

「えぇ、正直なところ、極めて最悪に近い状態です」

「母は大丈夫なんですか？」

「ご安心ください、とは言えません。悪性症候群というのは、向精神薬が起こす副作用のなかで、最も深刻なものなんです」

「母の意識は？」

「起きておられるときも、かなり朦朧《もうろう》とした状態ですね。高熱、意識障害、頻脈《ひんみゃく》、筋肉の硬直やふるえといったものが悪性症候群の主な症状です。脱水症状や栄養障害、呼吸障害、循環障害、腎不全《じんふぜん》などを併発することもあります」

いかにも厄介《やっかい》そうな単語のオンパレード。聞いているだけで気が滅入ってしまいます。

「なんでまた、こんな状態に……。キツイ薬は使っていないという話だったんじゃ……」

「最近の向精神薬は進歩しているので、悪性症候群になる人自体が極めて少ないですし、万一、悪性症候群になったとしても、特別な治療薬を使えばほとんど快方に向かうんです」

「はぁ」

「ただ、お母さんの場合、最新の向精神薬はなかなか効いてくれませんし、通常の半分程度の量に減らして投与しても、副作用が出たりしていたんです」

「そういえば、以前もそんなことを言っておられましたね」

「そこで、ここ一カ月ほどは古い世代の薬、二〇～三〇年ほど前によく処方されていた向精神薬を少しずつ試しながら使っていました」

「はぁ」

「量的にもごくわずかですし、私が知る限り、この量で重篤《じゅうとく》な副作用が出ることはありえなかったんです」

「それでも……」

「……ぇぇ、お母さんは悪性症候群になってしまった。そして悪いことに、悪性症候群の治療薬にも強い副作用を起こしてしまったんです」

「先生の治療には問題がなかった、と……。医療ミスではないんですね？」

いつしか私は、主治医を責めるような言葉を口にしていました。

「……。私たちプロがついていながら、お母さんがこういう状態になってしまったことには、申し訳ない気持ちでいっぱいです。ただ、お母さんに良くなっていただくために、これまで私たちが精いっぱいのことをやってきたのも本当なんです。

横井さんにもできる限り詳しい情報をお伝えしてきましたし、他の医師やかつての恩師にも教えを請い、さまざまなアドバイスをもらって、○・○一㎎単位で薬を調節してきました」

「えぇ、その点は感謝しています」

「そうした過程のなかで、大きなミスがあったとはどうしても思えないんです。まずは、二四時間態勢でお母さんが回復されるように全力を挙げます」

こう言われると、いつまでも怒っているわけにもいきません。

「今後、どのような治療をしていくんですか？」

「治療薬が使えないわけですから、すべての向精神薬の投与を中止しています。解熱剤や栄養などを点滴で入れるだけですね。あとは氷枕などで熱を下げるようにしながら、お母さん自身の体力を信じるしかありません」

「もし母が悪性症候群から立ち直ったとして、先生はどんな治療をされるおつもりですか？」

「まだ、そんな先のことを考えられる状況ではないんですが、今まで通り、いや今まで以上に頑張ります」

主治医との話を終えて、母の眠る病室に戻った私は、なんともやりきれない気持ちになっていました。

精神に異常をきたした母に治ってほしいという一心で、頑《かたく》なに入院を拒んでいた母を強引に病院へ連れて来た揚げ句、生きるか死ぬかの瀬戸際にまで追い込んでしまっているわけです。

「これじゃぁ、振り出し以下だよ……」

誰に聞かせるわけでもなく、私はそうつぶやきました。

「私を、殺してくれ」

母の病室に戻って、しばらく後。少しだけ冷静さを取り戻した私は、父に状況を連絡することにしました。

「もしもし、孝ちゃん？　今度はいつ帰ってくるの？」

電話に出た父は、無邪気に話しかけてきます。

「いや……」

「次は、おいしい中華料理を食べに行くがね」

「あの……」

「大丈夫。弁当はちゃんと断っておくがね」

「そうじゃなくて……」

「ワシも普段、独りで頑張ってるんだから、孝ちゃんが帰ってきたときぐらい、おいしいものが食べたいがね」

「いいから、ちょっと黙って話を聞け！」

病院の中庭で携帯を握りしめて大声を出す私の姿を、何人もの患者たちが驚いて見つめています。私は再び声を潜《ひそ》めて父への話を続けました。

「とりあえず、少し黙って話を聞いてくれないか？」

「わかったがや」

「実は今日、母さんの病院に来ているんだ」

「えぇ～、なんでワシも……」

「黙れ」

「……」

「母さんが、危ないらしい」

「……ん？　危ないってどういう意味だ？」

「言葉の通りだよ。今日明日ということはないんだろうけど、重い副作用が起きていて、場合によっては命に関わるらしい」

「えぇっ！　なんで？　絶対に治るって言ってたがや！」

「悪性症候群っていう状態らしくて……」

「この間も、元気そうだったがや！」

「とにかく、またあとで連絡するから、家で待ってて」

「母さん、母さんに電話を代わってもらってほしいがや！」


プチ。

わかってはいたことですが、私の気持ちはさらに落ち込み、無言で携帯電話を切るのが精いっぱいでした。

母の意識が戻ったのは、私が諦めて実家に帰ろうと思った頃でした。熱や息苦しさのせいか、うめきながら目を覚ました母は、しばらくボーッとしたあとでベッドの横にいる私の存在に気づきました。


「孝治……」

「母さん、大丈夫か？」

「私を、殺してくれ」

「……!」

返す言葉のない私。沈黙のときが流れ、気づいたら私は母の手を握りしめていました。ひどく熱っぽく、手のひらを通して母の苦痛が伝わってくるかのようです。

「母さん、そんなこと言うなって」

「こんな苦しい目に遭って、生かされているだけなら、死んだほうがマシだ」

「お願いだから……。じきに良くなるから……」

「私の病気は治らん。この病院には何十年も入院している人がいっぱいいる」

確かに、母のいる閉鎖病棟には長期入院している人も少なくありません。精神の病気ですべての判断力が失われてしまっているわけではなく、母なりに多くの葛藤を抱えて入院生活を送っていたことに、あらためて気づかされた思いでした。

「……ごめん。母さんが諦めようと、俺は諦めない」

「孝治……」

「まずは体を治そう」

「……わかった」

その後、私は主治医の許可をとったうえで、のどの渇きを訴える母のためにスポーツ飲料を買いました。上体を抱えるようにして支えながら、私の手に持ったスポーツ飲料を口元に持っていくと、少しずつ味わうように飲み、「こんなに、うまいもんだったかなぁ」と顔をゆがめながら笑う母を見ながら、泣きそうになったのを覚えています。

母が悪性症候群になって数日。

とにかく体を治そうと私と約束したあとも、母の高熱は続いていました。主治医によると、当初心配していたよりは容体が安定しているそうなのですが、素人目では、ただ苦しそうなだけにしか見えません。

父については一度病院に連れて行き、励ましの言葉をかけさせた以外は、実家で待機させることにしました。「今すぐ、連れて帰るがね」と言って、ダダをこねるからです。父が言うには、「住み慣れた家に帰れば、すぐに気分も良くなる」のだとか。入院する前、病院に行くのを拒否し続けているうちに、母の病状が悪化したことは、すっかり忘れてしまったようです。

私も最初の二日ほどは会社を休んだものの、母の体調が回復するまで病院に付きっきりというわけにもいかず、後ろ髪を引かれる思いで大阪に戻っていました。

病院に朝夕に電話をかけて状況を聞いても、これといった変化がない日が続き、職場の同僚にも「最近、イライラした顔をしている」と指摘され始めた頃、ようやく母の熱が下がり始めたとの朗報が届きました。

そして、週末。

約一〇日ぶりに病院で会った母は、げっそりと痩せ細っていました。

入院してから、少しずつ健康的な体重に戻っていたのが、一気に逆戻りしてしまった感じです。食事をとることもできず、点滴以外での栄養や水分補給が満足にできなかったわけですから無理もありません。栄養の入ったドリンクを作って飲まそうとしても、すぐに吐いてしまっていたそうです。ただ、なぜか不思議なことに、あの日、私が買い与えたスポーツ飲料だけは飲んでも大丈夫だったようで、その後もしばらく愛飲していました。

主治医と話したところでは、「まだ油断はできませんが、山は越えたと言えます」とのことで、生命の危機は脱したようです。まだベッドから起き上がることはできないものの、短い時間なら普通に会話もできるようになったとのことで、「しんどかった。死ぬかと思った」と、ここしばらくの自分を振り返っていました。

「母さん、本当に死ななくてよかった。これからも無理をせず、少しずつ体や心を治していこう」と話しかける私に、弱々しい笑みを浮かべながら頷く母。「孝治に心配をかけて、すまんかった」との言葉を聞いたときには、思わず涙がこぼれました。

そしてそのときの私には、これが今後数カ月にわたる新たな苦しみのスタートになるとは、想像すらつかなかったのです。

好転。

悪性症候群になったのが突然のことだったのに対し、母の症状が良くなるのは、かなりゆっくりとしたペースでした。満足に寝返りをうつ体力さえなかったため、腰のあたりに褥瘡《じょくそう》ができ、見ていても痛々しい限りです。

しかし、毎週面会に行くたびに、ほんの少しずつですが回復しているという手応えも感じることができました。それは母が以前と比べて笑顔を見せたり、「早く良くなりたい」などと前向きな言葉を発することが増えてきたからです。

主治医からも「最近、お母さんと接していると、生命の危機を経験することで、逆に『病気を治したい』という気持ちに火がついたのではないかと思わせるような言動が多い」との話があり、本当に死ななくてよかったと、あらためて思ったりしていました。

というのも、母が最悪の状態だったときに「母さんが諦めようと、俺は諦めない」と言ったものの、内心では「治る見込みがないのなら、早くラクにしてあげたほうがいいのでは」とか、「このまま母が亡くなってしまったら、父の面倒をどうやって見ていこうか」などと弱気なことが次々と頭に浮かんだりしていたからです。

それだけに、良くなり始めた母の笑顔はとてもまぶしく見え、心の中で何回も「母さん、先に諦めかけてゴメン」と謝っていました。

母が悪性症候群になって、二カ月半ほどが過ぎた頃。

体力もかなり回復して「早く退院できるように、しっかり食事をとって元気にならないと」など、入院して以来、最も前向きなことを言うようになっていました。

この時点では、向精神薬の投与は中断したまま。出された食事は残さず食べ、病棟のレクリエーションにも積極的に参加したがるなど、日を追うごとに母の精神状態が良い方向に向かっているのが、誰の目にも明らかな状態です。

主治医によると「断薬、つまり向精神薬の服用を止めたことが、ある種のショック療法になったのかもしれない。このまま順調にいけば、外出や外泊、その先の退院も見えてきそうだ」とのこと。死の危険を乗り越えたことで、一気に快方に向かっている……。それまでの絶望感が大きかった分、私の喜びも格別でした。

「うまくいったら、年内には退院できるかも」

主治医の言葉は、大きな希望となりました。

「母さん、よく頑張ったなぁ」

「孝治のおかげだ。入院させてくれて、ありがとう」

「……母さん」

母の何げないひと言に、思わずホロリとしそうになります。

この頃、母は個室から元の二人部屋に戻されていました。母と同室だったIさんは、七〇代半ばのお婆さん。しっかりと会話をすることはできないものの、穏やかで面倒見がいい人でした。私や父が病室に出入りすることにもすぐに慣れ、笑顔で迎えてくれるようになりました。

人見知りの激しい母も、Iさんにはよく懐《なつ》いているようで、私が面会時の土産《みやげ》として持っていったお菓子も、二人で仲良く分けて食べているとのことでした。

看護師さんから聞いたところによると、Iさんは入院歴二〇年以上の長期入院患者で、家族が面会に来ることもまったくないとのこと。他の患者さんとトラブルを起こすこともないので、状態の不安定な患者さんと同室になってもらうことが多いそうです。

あるとき、母が少しはにかみながら、「私、入院してよかったと思うことが二つある。一つ目は孝治と毎週会えること、二つ目はIさんと知り合えたことだ。Iさんのことは、本当のお姉さんのように思っている」と言ったことがあります。交友関係の狭い母にとってはいい出会いになったのかなぁ、などと思っていました。

体調の回復やIさんとの交流などをきっかけに、母の精神状態も上向きとなり、日に日に前向きな言動が目立つようになりました。

家族と一緒なら短時間の外出も認められるようになり、病院から車で一五分ほどのショッピングセンターでセーターを買ったり、食事をしたり、好物の果物を買ったりと、久々の一家団欒のひとときを過ごすこともできました。

精神に異常をきたしてからは化粧にもまったく無頓着《むとんちゃく》だったのですが、基礎化粧品や口紅がほしいとねだるようになり、実家で使っていた化粧品ケースを病室に持ち込み、ある日突然メークした姿で診断を受けて、主治医を驚かせたりもしていました。

母を開放病棟に移すことになったのは、この頃のことでした。閉鎖病棟とは違い、病院の敷地内を自由に動くことができるほか、面会や外出についての規制もはるかに緩く、比較的病状の軽い人や、退院間近な人が入院している病棟です。

主治医から病棟変更の話を聞いた私は喜びを覚える半面、一抹の不安がありました。それは、同室のIさんと引き離されることで、また何か悪い影響があるのではないかということです。医師にその話をすると、「あ、ご心配なく。開放病棟でもIさんが同室になるようにしますから」とのこと。ある意味、便利屋さんのように扱われるIさんのことをかわいそうに思いつつも、私に断る理由はありません。「よろしくお願いします」と頭を下げるのみでした。

開放病棟に移ってからの母は、それまで以上に回復のピッチが上がったように感じられました。レクリエーションにも欠かさず参加。他の病室の患者さんたちともよく会話を交わすようになり、ある意味では病気になる前より積極的に人付き合いをしているように見えます。

閉鎖病棟から一緒に移ってきたIさんとの仲も良好で、外出時には「Iさんにお土産を買わないと」と言って、プリンやシュークリームを買ったりしていました。

この頃の主治医と私の会話のポイントは、「いつ、どんなステップを踏んで退院させるか」ということでした。下手な刺激の与え方をすることで、母の病状を悪化させるわけにはいきません。とはいえ、少しずつ病院の外の刺激に慣れていかないと、退院すること自体が難しくなってしまいます。

主治医と対面や電話で何回か話し合った結果、次の二つのステップを経て、大きな問題がなければ退院させようということになりました。

1．一泊二日で、自宅に帰って外泊する。
その際、私が常に付き添い、あとで主治医に様子を報告する。

この外泊を二～三回繰り返す。

2．大きな問題がないようなら、両親だけで一泊二日の自宅外泊をする。
その際、私が電話で様子を探り、あとで主治医に報告する。

この外泊を二～三回繰り返す。


外泊を二つのステップに分けたのは、私のアイデアでした。

介護の心構え⑰

●退院が近づいたら

退院は喜ばしいことですが、マヒが残るなど一〇〇％元通りの生活に戻れない場合は、介護が始まることになります。

入院期間を短縮させようという動きの強い昨今では、退院は思ったより早くなることが多いので、早めに退院後の親の生活をどうするのか考える必要があります。

多くの病院は、入院してから数日のうちに「入院診療計画書」を作成し、治療計画や予想される入院期間について説明をしてくれます。そのときから退院に向けての準備をするぐらいの気持ちでいるといいでしょう。

入院中の不安や困りごとを聞いてくれるだけでなく、転院の相談、退院後の暮らし方についての相談、介護保険についてのアドバイスなど、専門的な立場から相談に乗ってくれるのが病院内にいる医療ソーシャルワーカーです。医療ソーシャルワーカーのいない病院の場合は、病棟の看護師に相談するといいでしょう。

今の母の状態を見る限り、私が二四時間一緒にいてフォローすれば、問題を起こす可能性は低いように感じられます。ただ、私の職場や住まいはあくまで大阪。退院後の母は、再び父と二人で暮らすことになります。父と母を二人きりにした状況で問題が起きないようなら、ようやく安心して母を退院させられると考えたのです。

主治医は、「それだと、退院まで時間がかかりますよ」と心配してくれたのですが、最終的に、「確かに、そこまでやって問題がないようなら、私たちも安心して退院してもらえますね」と言ってくれました。

一時帰宅の日。

母の入院以来、初めての外泊の日。

父と二人で迎えに行った私が、いちばん緊張していました。せっかく、ここまで回復してくれたのです。病状を悪化させるわけにはいきません。

いつものようにナースステーションに声をかけて、母の病室をのぞくと、すでに手荷物をまとめ、同室のIさんに何かを一生懸命話しかけているところでした。少し様子を見ていると、「私の留守の間、何か困ったことがあったらこのボタンを押して」と、今さらながらナースコールの説明をしたり、「少し、寒くない？ 毛布をもらってきてあげようか？」と言ったりして、やたらと世話を焼いています。

一区切りついた頃を見計らって「母さん」と声をかけると、「孝治、ちょっと待ってくれ」と言って、まだ世話を焼こうとします。Iさんは少し困ったような笑みを浮かべ、そんな母を見つめています。

それから五分ほどが経過し、再び「母さん、そろそろ行こうか」と促すと、「そうだなぁ」としぶしぶ頷き、「それじゃあ、行ってきますから。私がいなくても、元気で過ごしてください」など、くどくどと別れの言葉を伝えていました。

Iさんとの別れに、やたらとナーバスになっているように見えた母ですが、いざ車に乗り、昼食のうなぎ屋へ向かうときには上機嫌でした。

「こうして家族で一緒に家に戻れるようになるなんて、孝治も◯◯先生（主治医）も、神様のようだ」

「神様は大げさだろ。母さんが、しっかり頑張って治療に励んだからだよ」

「いや、私だけでは、どうにもならなかった。父さんは、こんな感じだし」

急に話を振られたと思った父は、「ワシはうなぎ定食がいいです。早く食べたいです」と、緊張気味に答えました。

「確かに、これじゃ頼りにはならないよなぁ」

「孝治もそう思うだろ」

「そんなことあらすか。なんでもワシに任せてちょー」

「「「アハハハハハ」」」

久々に親子三人で笑いながら、ハンドルを握る私は喜びをかみしめていました。こうして軽口がたたけるほどに回復できたのなら大丈夫な気がする。あと何カ月もすれば、元の平穏な暮らしに戻れる気がする。あとちょっと。あとちょっと頑張ろう。

病気になる前の話し好きだった姿を思い出させるような、よくしゃべる母の声を聞きながら、私はそんなことを考えていました。

昼食に立ち寄ったうなぎ屋でも、母は上機嫌でした。数カ月ぶりに食べるうなぎをおいしそうに味わいながら、「やっぱり、こうして家族みんなで食べるとおいしいなぁ」と、しみじみと話す母。「孝ちゃんのおかげだがね」と、調子よく合いの手を入れる父。

入院前の拒食状態が嘘のように機嫌良く食事をとる母の姿を見ているうちに、今回の外泊にあたって私が抱いていた不安も杞憂《きゆう》に終わるのではないかと思えてきました。

いよいよ実家に向けて走り出した車の中で「私、家に帰ったら頑張って掃除するからね」と言い出した母に、「いや、今回はあくまでゆっくりしに帰ってきただけなんだから、家事はダメ」と告げると、「全部、孝治に任せっぱなしではかわいそうだから手伝う」と食い下がります。

「いや、本当に大丈夫だから。手伝わなくっていいって」

「少しぐらいなら病気にもいいはず」

「とにかく、今回はゆっくり休んでいて」

などと軽く言い争っていると父が、「母さん、何もすることないがね。ワシも孝ちゃんに任せっぱなしで、何も手伝う気なんてないがね」と、大きな声で割り込んできました。母と一瞬目を見合わせた私が、「いや、父さんは、ちょっとは手伝えよ」とツッコムと、母は笑い出して「こんな人と何十年も夫婦をやってきたんだから。孝治も大変さがわかっただろう?」と、おかしそうに言いました。

実家に到着したときも、母は意外なほどに冷静でした。

偶然、家の外に出てきていた隣の奥さんに、「あら、横井さんの奥さん。長いこと姿が見えないから、どうしたのか心配していたんですよ」などと声をかけられても、「ええ、調子が悪くてしばらく入院していたんです。今日は久しぶりの外泊なんです」と、普通に受け答えしています。他人に対しても必要以上に警戒せずに会話ができるようになった母の姿を見て、私の中での退院に向けた期待感はさらに高まりました。

家の中がさほど荒れていない様子にも、母は安心したようでした。

「結構、きれいにしているなぁ」と感想をこぼす母に、自信満々の顔で「当たり前だがや」と返す父。「どうせ全部、孝治が掃除してくれたんだろう?」と、ツッコミを入れる母に、「そんなことあらすか。ワシもゴミはゴミ箱に捨てるようにしたがね」と返す父。二人とも、他愛もないやりとりが楽しくて仕方がないように見えます。

私の入れたお茶を飲んだり、テレビを見たりしているうちにあっという間に時間がたち、夕食、お風呂も問題なく終了。

いつでも両親の様子をうかがえるようにと、両親の寝室の横にあるリビングに毛布を持ち込んで寝る準備をしている私に近づいてきた母が、「孝治、今日はありがとう。早く良くなって、退院できるように頑張るから」とひと言。

思わずグッときた私は、「そうだね」と短い言葉を返すのが精いっぱいでした。

翌朝、七時頃に両親の寝室を覗くと、イビキをかいて眠る父と、ベッドに座ってそれを見つめる母の姿がありました。

「母さん、おはよう。もっと寝てていいのに」

「なんか、こうやって父さんと同じ部屋で寝るのも久しぶりで、早く目が覚めちゃった」

「もう少し休んでて。着替えたら、朝ご飯の準備をするから」

「私がやろうか?」

「ダメ。まだ家のことをやるのは禁止。少しずつ慣らさなきゃいけないって、〇〇先生も言ってたでしょ」

そんなやりとりのあと、掃除と朝食の準備、新聞の取り込みなどを済ませて再び両親の寝室に入ると、母はもう着替え終わっていました。

「母さん、そろそろ食べようか?」

「わかった。ほら、父さん起きて」

「うーん……」

着替えやトイレでもたもたする父を尻目に、「どうせ父さんは時間がかかるだろうし、先に食べようか」などと話していると、「ちょっと待っとってちょー」などと父のあわてた叫びが聞こえました。

いそいそと自分のいすに座った父は、「ワシだって、母さんと一緒に朝飯が食べたいがや」とひと言。なんだかんだ言って、母がいない毎日をいちばん寂しく感じていたのは、この父なんだろうなぁ、などと思ったものです。

朝食の間も、母の様子に大きな変化はありませんでした。家のあちらこちらを珍しそうに見渡す程度で、「母さん、入院前は家中に盗聴器や盗撮カメラが仕掛けてあるとか言ってたんだよ」と私が話すと、「なんでそんな変なこと言ってたんだろ?」と首をひねっています。

「携帯電話が怖くてたまらないとかも言ってたよね。で、父さんが『ワシも怖いがや』とか言って、ややこしいことになったんだよな」

「母さんが怖がってたから、ワシも怖い気がしたんだがね」

「携帯が怖いわけないじゃん。今はどうなの、父さん?」

「孝ちゃんが簡単な携帯を買い直してくれたから、もう怖くないです」

「その割には、充電器に戻さず、カバンの中にしまいっぱなしだろ?」

「はい、すいません」

「だから、心のない謝罪はやめろって」

「はい、すいません」

そんな私と父のやりとりを聞いているうちに母が「アハハハ」と、さもおかしそうに笑い出しました。

「元気になるって、いいことだなぁ。こうやって家族で笑いながらご飯を食べられるようになるとは、思いもしなかった」

「母さん、頑張ったからな」

「ワシも頑張ったです」

「「いや、頑張ってないから」」

私と母のツッコミが見事に重なり、次の瞬間三人で大笑いになりました。

母の表情が暗くなったのは、私が「そろそろ家を出て買い物に行って、そのまま病院へ戻ろうか」と言ったときでした。

「病院へはもう戻りたくない」

「……母さん」

「このまま退院させてくれ」

「ごめん、そうはいかない」

「あの病院の中で、どんなつらい思いをしているかわかるか？」

「あと、もう少しの間なんだから、頑張ってよ」

「イヤなものはイヤだ」

「……母さん」

母は、父のほうに顔を向けて尋ねました。

「お父さんは、私が家にいるのといないのだったら、どっちがいい？」

「そりゃ、いたほうがいいに決まっているがね」

「ほら見ろ、孝治」

私はあわてて話を遮りました。

「それは早く病気を治して、戻ってきてほしいってことだろ」

「母さんも、もう治ったようなもんだがね」

「お前は、黙れ！」

「孝治、お父さんに『お前』と言うのはよくない」

「だから、母さんも黙って！」

それから三〇分ほど必死の説得を行い、なんとか「孝治がそこまで言うなら、もう少しだけ我慢する」との言葉を引き出しました。

病院へ戻る車中でも母は、「早く退院させてほしい」「病院に閉じこめてどういうつもりだ」などとこぼし続け、私が「そういえば病院の遠足ってもうすぐじゃなかったっけ？」

と目先を変える話を振るまで、車内の空気はピリピリしていました。

暗転。

なんとか外泊を終えた母に変化が起きたのは、病院に戻った翌日のことでした。

看護師に「今日から外泊したい」と言い張って、なかなか言うことを聞かないと病院から電話があったのです。ナースステーションで「息子に電話をかけてくれ」と言って居座っているそうで、早速電話を代わってもらいました。

「母さん、次の外泊は二週間後の予定だって先生も言ってただろ？」

「そんなに待てるもんか」

「昨日、病院に戻ったばっかりじゃないか」

「家にいるほうが、早く良くなるってもんだ」

「そんなことはないって。せっかくここまで良くなったんだから、しっかり治してから退院しないと」

「孝治、お前は誰の味方なんだ？」

「……少なくとも、今のわがままを言っている母さんの肩は持てない」

「もういい！」

母は大声で怒鳴ると、電話を切ってしまいました。再び病院に電話をかけ、ナースステーションにつないでもらったところ、プリプリ怒りながら病室に戻っていったとのこと。家に戻って過ごした時間がそれだけ楽しかったのかなぁなどと考え、その日は終わりました。

主治医から「お母さんがトラブルメーカーになっている」と連絡が入ったのは、それから数日が過ぎた頃でした。病院のスタッフだけでなく、他の患者たちにも必要以上に話しかけ、大声で笑ったり、急に泣き出したり、些細《ささい》なことで怒り出したりするというのです。

「母は、どんなことを話しているんですか？」と尋ねると、主治医は「話すこと自体は普通のことなんです。ただ、過剰というか」と答えました。

「……どういうことですか？」

「たとえば、食堂で朝ご飯を食べますよね。そのとき、食堂みんなに聞こえるような大声で『この味噌汁はおいしいです！』と叫んでみたり、シーツを取り換えに病室に行ったスタッフに何十回も『ありがとう！　私が生きているのもあなたのおかげだ』と感謝の言葉をかけて、別の病室に行くのを邪魔したり……」

「確かにそれは迷惑ですね」

「で、それを見かねたスタッフや、別の患者さんから注意されると、激しく怒り始めたり、『どうせ私なんか死んだほうがマシだ』と言って泣き出したりと、感情の起伏が激しいんです」

「外泊や退院をしたがったりは？」

「いいえ、外泊から戻った次の日以降、外泊などを求めてこられたりはしていません。内心はいろいろと考えておられるのかもしれませんが」

私は心の中でため息をつきました。

「今の状況では次回の外泊は……」

「当分、無理をしないほうがいいでしょうね。もし可能なら、今度の週末にでも面会に来て、ご本人の様子を見てください」

「わかりました」

退院まで、あと一～二カ月ぐらい余分にかかるようになっちゃったかなぁ……。

このときの私は、まだそんな甘いことを考えていました。


一週間ぶりに面会に行くと、母はすっかり別人のようになっていました。

少しは心が和むかなと思って、久々に娘を連れて行ったのですが、和むどころか抱きつかんばかりの勢いで大歓迎です。

「久しぶり！　よう来てくれた！」

「母さん、調子は？」

「調子もクソもあるか！　サンキュー、ベリマッチョ！」

「……ちゃんと、ご飯食べてる？」

「元気すぎて、怖いぐらいだ！」

「……まぁ、確かに」

「〇〇ちゃん、ゆっくりしていって！　孝治、みんなで売店行って、お菓子を食べよう！」

母の異様に高いテンションと、どうにもかみあわない会話のため呆気《あっけ》にとられ気味の私を尻目に、母は娘の手を引いて、勝手に面会室を出て行こうとします。

「あ、ちょっと待って！　外食の許可はもらっているから、一緒にご飯を食べに行こうよ」

「おぉ、さっすが孝ちゃん！　気が利くなぁ！　好き好き、大好き！」

「……いや、だからそのテンション、おかしいって」

ここで、それまで黙っていた父が口を挟みました。

「ショッピングセンターに行けば、いろいろ食べるところもあるがや。母さん、行こう」

「私は、あんたの母さんじゃないって！　アハハハハ！」

母の返しは、上機嫌というレベルを超えています。

「お婆《ばあ》ちゃん、大丈夫？」

娘も不思議そうな目で母を見つめていました。

面会前に話した主治医によると、ここ最近の母はテンションが上がりっぱなしで、外泊はおろか、しばらくは外出も見合わせて治療に専念させたいとの話でした。

「病院の遠足をずいぶん楽しみにしていたのですが、そちらも難しいでしょうか？」

「これから状態がどう変わっていくかによりますね。これ以上、他の患者さんとのトラブルが増えるようだと、外に連れ出すのは難しいです。場合によっては、また閉鎖病棟に戻っていただくことになるかもしれません」

「やはり、また向精神薬を飲ませたほうがいいんでしょうか?」

「他の先生方とも話し合っているんですが、すごく悩ましいところです。以前もお話ししたかと思いますが、横井さんのお母さんは薬が効きにくく、副作用が出やすい体質なんです。通常の患者さんに処方する半分以下の量でも強い副作用が出たりしていましたし、万一、また悪性症候群にでもなったらと思うと、どのタイミングで投薬を再開するか、何を処方するのか、正直なところ迷っています」

主治医に「迷っている」と正直に言われては、私に何ができるわけでもありません。言葉もなく、うなだれるだけでした。

「とりあえず、今日はお孫さんも来ていただいたことですし、一緒に外食にでも行ってこられてはどうですか?」

「いいんですか?」

「ええ、うまいことガス抜きになって、落ち着いてくれれば一番なんですが。今より状態が悪くなったら、しばらくは外出できないでしょうし」

これまで積み上げてきたものが崩れそうになっていることに、悲しみと苛立ちを覚えながら、私は、母の待つ面会室へと向かったのです。

ハイテンションの母。

ショッピングセンターへ向かう車の中でも、母のテンションは高いままでした。

「孝治も、○○ちゃんも、よう来てくれた。好き好き、大好き！　愛してる！」

「……だから何なの、それは？」

「そんなのわかるもんか、今日はうれしいったら、うれしい！　アハハハハ！」

母の様子を見る限り、上機嫌というには明らかに常軌《じょうき》を逸《いっ》した感じです。

「お婆ちゃん、あんまり大声を出すと疲れるよ」

私の娘が、遠慮がちに声をかけると、「こんなお婆ちゃんを心配してくれるの？　いい子だねぇ！　なんでも買っちゃるから、ドーンと任せてチョ！」との反応。

娘も「本当？」と食いついたりしています。

「なんでもといっても、高いのはダメだよ」と私がたしなめると、「ワシもほしいものがあるがや」と、なぜか父が便乗。母のことをゆっくり心配することすらできません。

ショッピングセンターの駐車場に車を停めると、ドアを開けてものすごい勢いで店内に向かおうとする母。事故に遭ったり、はぐれたりしたら大変なので、あわてて制止する私。

「孝治、早く行こう！」と叫ぶ母。「ごめんごめん、ちょっと待って！」と叫び返す私。

発病して以来の母を思えば、信じられないような姿を次々と見せつけられ、私も付いていくだけで精いっぱいです。店内に入ってからも、母のテンションは高いままでした。

レストランでは「いちばん高い料理を人数分！」と勝手にオーダーしたり、衣料品コーナーでは何十枚もの服を買い物かごに詰め込んだり……。

ただ、これまで見たことがないほど楽しそうな母の姿は、「今、この瞬間を楽しまないと、もう二度と楽しめない」と訴えてくるようにも感じられ、怒る気にはなりませんでした。


買い物が一段落したとき、「母さん、髪をカットしに行かない？」と尋ねると、母はうれしそうに頷きました。

母を美容室まで連れて行き、髪の長さや仕上がりのイメージ、ヘアカラーの色選びをして、美容師たちに母を預けました。髪を気持ちよさそうに洗ってもらっている母に、しばらく店内を見て回ってくることを伝え、父を待合室に残して娘と二人で書店や玩具店をウロウロ。

「何でも買っていいの？」

「さっきも言った通り、高いのはダメだよ」

「……チェッ」

ちょっとガッカリした様子の娘。しかし次の瞬間、私の顔を見上げると、娘はにこやかな顔でこう言いました。

「お父さん、お婆ちゃんが元気になってよかったね」

いろいろな気持ちが湧き上がってきて、私は何も応えることができませんでした。

娘におもちゃと本を買い与え、両親の待つ美容室に戻ると、髪をきれいにカットしてもらった母がヘアカラーをしてもらいながら、大きな声で美容師に何かを話しているところでした。

「それで、うちの息子が小学校の頃、絵のコンクールで賞状をもらったときは……」

どうやら、私のことを話題にしていたようです。

私の姿に気がついた美容師が、こちらを振り向き、「ずっと息子さんのお話をされてたんですよ。自慢の息子なんだって。お母さん、優しい息子さんを持ってよかったですね」と言いました。「お父さんは、優しいよ」と、おもちゃを買ってもらったばかりの娘も、私のことを持ち上げます。

それに続いて母が私のほうを見ながら、「そりゃ、孝治がいなかったら、私はとっくの昔に死んどるもん。孝治が三歳ぐらいの頃にお父さんにひどい目に遭わされて、何もかもイヤになって孝治に『一緒に死んでくれ』と言ったら、『ボクは死にたくない。ママと一緒に生きたい』と言ってすごく泣かれた。

その姿を見て、くよくよしている場合やない。この子を守ろうと思った。それから孝治のためなら、なんでもしてやろうと思って大学にも行かせたし、いつでも孝治が戻ってこられる故郷を作ろうと、家も買った。

こうやって生きているのは、みんな孝治のおかげなんだ」と、訥々《とつとつ》と語りました。

私自身はこの話を何十回となく聞かされているので、何を今さらという感じなのですが、美容師の心には何かが届いたようで、「本当、お互いを大事に思う、幸せそうなご家族で何よりですね」と、目を潤《うる》ませながら言われました。

言ってはなんですが、初対面の美容師とする会話にしては重たすぎる気がして、なんとも居心地の悪さを感じます。気恥ずかしいというか……。

すると、このタイミングで、父が「本当にありがたいことです」と発言。「いやいや、父さんが母さんに苦労させせなければ、そもそも死のうと思ったりしなかったんだから」と、すかさずツッコミを入れる私。一拍《いっぱく》置いたあとで、「そりゃそうだ」と笑い出す母と美容師。やりとりがよくわからないものの、ニコニコしている娘。なぜか照れながら頭をかいている父。

父のいつもの調子に、このときばかりは助けられました。

美容室を出る頃には、母のテンションもすっかり落ち着いていましたが、「そろそろ病院に戻ろうか」と私が言うと、能面のような表情で返事すらしてくれません。駐車場に向かう間、気まずい沈黙が続きます。車に乗り込み、病院へ向かおうとすると、「このまま家に帰らせてくれ」と言い出す母。

「無理だって。病院を出るときにも『○時頃帰ってきます』と伝えていたのを見てるでしょ」

「そんなの関係あるもんか。私がどんなにつらい思いをしてるか、知らないからそんなことを言えるんだ。あの病院は、人の物を勝手に取り上げるし、寝ている間に背を小さくしたりするし、恐ろしいところだぞ」

「まぁ、本当に背を小さくするのなら、恐ろしい技術力だな」

「本当やぞ！」

ここでまた父が助け船のつもりなのか、口を挟みます。

「今日は戻って、二、三日だけ泊まって退院すればいいがね」

「あかん！」

「イヤだ！」

と、同時に叫ぶ、私と母。結局、行きのときの大騒ぎが嘘のように、ムッツリと押し黙ったまま病院に戻りました。

奈落。

母からの「攻撃」が始まったのは、その日の夜でした。

大阪の自宅へ帰ってほどなく、母から電話があったのです。おそらくは、早く退院させてくれというアピールなんだろうなぁ……、などと思いながら電話をとると、「よくも私をダマしてくれたな！」との第一声。

一瞬、答えに詰まる私に対して、母は追い打ちをかけるように、「孝治！　お前のことは、一生許さんからな！」と怒鳴りました。正直、訳がわかりません。

「……母さん、どうした？」と、おそるおそる尋ねると、「母さんなんて呼ぶな！　お前なんか子どもでも何でもない！」と一喝。とりつく島もありません。

いくら病院に戻るのがイヤだったとしても、ここまで母が怒り狂うとは予想外でした。ましてや何十年にもわたって溺愛してきたひとり息子の私を怒鳴りつけるなど、想像もつきませんでした。私に対する母の信頼は、どんな状況になろうと揺るぎないものだと思っていました。

そんな母が、私に対してストレートな怒りをぶつけている。

怒鳴られている内容以上に、私はそのことがショックでした。

「母さん、とりあえず落ち着いて」

「……してやる」

「え？　何、母さん？」

「お前と、お前の子どもを殺してやる」

「なんだって？」

「家族のフリをしてダマしやがって！」

「フリって……」

「何十年も、ダマしやがって！」

「だから、何をダマしたって……」

「うるさい！　黙れ！　死ね！」


私は返す言葉を失ってしまいました。

携帯からは、母の罵声《ばせい》が延々と聞こえてきます。

自室に籠もったまま、いつになっても出てこない私をいぶかしんで、妻が「どうしたの？」とドアをノックするまで、私は携帯を握りしめたまま座り込んでいました。


母からの電話攻撃は、日を追うごとに激しさを増していきました。


「お前はずっと息子のフリをしていただけだ！」

「お前には一円たりとも財産をやらん。すべて寄付する」

「○○（私の妻）は、病院と一緒になって私を殺そうとしている」

「これから病院を抜け出して、お前たちを皆殺しにしてやる」


こうした内容の電話が、昼も夜もなく、立て続けにかかってくるのです。深夜にかかってきたと思ったら、仕事中の携帯にも。途中で強引に電話を切ったところで、すぐにまたかけ直してきます。数日もたつ頃には家族そろって寝不足でフラフラです。

本来なら主治医に状況を相談して、何らかの手を打ってもらうべきだったのでしょうが、私はためらっていました。主治医に現状を伝えたら、確実に母は退院できなくなってしまう。つい先日、一緒に外出したときは本当にうれしそうに振る舞っていたし、今がたまたま調子を落としているだけだとしたら、また何かの弾《はず》みで回復してくれるかもしれない。そんな根拠のない期待を捨てきれなかったのです。

当然ながら、母からの攻撃は父の住む実家にも繰り返し行われました。

攻撃が始まった初日の夜中に父から電話があり、「助けてくれ！　母さんがワシのことを殺すと言っている」とのこと。

「その電話、俺のところにもきた」

「母さん、どうしちまった？　ワシ、怖いがや」

「病気の具合が悪いみたいだね」

「ワシのことを守ってください」

「別に、本当に殺されるわけじゃないから」

「でも怖いがや」

「我慢してくれ」

プチ。

携帯の通話終了ボタンを押して、私はため息をつきました。実際のところ、私にできることはこれといってありません。とりあえずは母の怒りが収まるまで耐えるのみだと考えていました。

二～三日電話攻撃が続いたあと、いよいよ耐えかねた父が何回目かの相談電話を仕事中の私にしてきたとき、私はふとケアマネジャーのKさんに相談することを思いつきました。Kさんなら、何かいいアドバイスをくれそうな気がしたのです。

Kさんに連絡をとってみると、「すぐお父さんに会いに行ってみます」とのこと。あとで連絡をもらえるとのことだったので、お願いして仕事に戻りました。

それから二時間ぐらいたった頃、Kさんから連絡があり、「お父さんをデイサービスに来てもらうようにしたいのですが……」との第一声。

「えぇ、それは構わないのですが、私がこれまで何回勧めてもイヤがるんですよね」

「とりあえず『電話を受けなくていい場所に行きましょう』とお話ししたら、お父さんはすぐにも行きたいということでしたよ」

今思えば、このときKさんに相談していなければ、父は精神的に破綻《はたん》していたかもしれません。

再び、閉鎖病棟へ。

いつ終わるともしれない母からの電話攻撃にギブアップ寸前だった父は、ケアマネジャーKさんの誘いに乗ってデイサービスに通うようになりました。確かにデイサービスに行っている間は、母からの電話がかかってくる心配はありません。

それまで私も何回かデイサービスの利用を勧めていたのですが、父は「ワシは一人で何でもできるがね」とか「年寄りだらけのところなんて、行きたくないがね」などと言って、頑《かたくな》に断り続けていました。

いざデイサービスを利用し始めてみると、お風呂で体や頭を洗ってもらえたり、スタッフの人たちから優しく声をかけてもらえたりするのがうれしいようで、機嫌良く通うようになりました。

最初は週に一回だけ利用する予定でしたが、翌週には父が「もっと行きたい」と言い出したため、通常の介護保険サービスで利用できる週二回に加えて、実家のある地域で独自に行っていた「高齢者生きがいデイサービス」という制度も利用して、合計で週三回、デイサービスに通うことになりました。

父のあまりの豹変《ひょうへん》ぶりに驚いた私は、Kさんと会った際に「これは『怪我の功名《こうみょう》』って、ヤツですかねぇ」と苦笑しながら話したものです。

一方、母からの電話攻撃は激しさを増し続け、すぐに病院の患者やスタッフたちにも知れ渡ることになりました。電話の前後は特に気が高ぶっていて、他の患者やスタッフにケンカをふっかけるような言動も目立ってきたため、トラブルを避けるために個室に移すことになったそうです。他の患者との接触をできる限り減らし、興奮状態が落ち着くかどうかを見極めたいというのが主治医の見解でした。

母が個室に移ってから初めて面会に行った際のことです。

面会室ではなく、母の病室まで入って構わないと言われた私が、ドアを開けて入室するなり、私の姿をめざとく見つけた母が、すごい勢いで私のそばまでやってきました。

「孝治、よくやって来てくれた！」

「さすが、私の『大事な息子』！」

「うれしくてたまらん！　サンキュー、サンキュー！」

などなど、すごい勢いでまくし立て、満面の笑みで私の両手を握りしめてきます。

「母さん、電話をくれるのはうれしいけど、もう少し回数を減らしてくれないかな」

「わかった！　孝治が来てくれたから、もうそんな必要はないし！」

「あと、『殺す』ってのはやめて。すごく悲しいから」

「寂しくて冗談言ってるだけだから。孝治がイヤならやめる」

なかなかいい感じで会話ができます。個室に移って、少し母の調子が良くなってきているのでしょうか。

さらに母は言葉を重ねました。

「パンツや靴下が盗まれて困る。買いに連れて行ってくれ!」

「今日は何を食べに行こうか!」

「早く家に帰って、掃除をしないと!」

それに対して「ちょっと外出はできないんだけど、母さんが好きなイチゴを買ってきたよ」と私が話した途端に、母の表情が一変。言葉にできないほど怖い目で私を凝視してきました。

「迎えに来てくれたんじゃないのか?」

「あぁ、母さん、最近少し調子を落としてるようだし、しっかり治さないと」

「こんなところに閉じこめられて、治るはずないだろ!」

「ちょっと、落ち着いて」

「私がどんなにつらい思いをしているか! こんなところで体を改造されて!」

「いや、改造なんてないから」

「孝治は何もわかっていない! 助けてくれ!」

どうにも会話になりません。母の両手は、私の両手を握りしめたまま。力がどんどん強くなり、爪も食い込んできます。

結局、様子を見に来た看護師が間に割って入り、面会は強制的に終了。母がこれ以上興奮しないようにと、私はそのまま退出させられることになりました。

母が再び閉鎖病棟に戻されることになったのは、電話攻撃を始めるようになって三週間ほどが過ぎてからでした。洗濯機の順番争いで、母がいちばん親しくしていた入院患者Ｉさんに暴力をふるったというのがその理由です。「私の姉さんみたいなもんだから」と言って、よく懐いていたＩさんに暴力をふるうというのはもう、来るところまで来てしまったということです。

問題が起きた当日、病院から電話連絡をくれた主治医の声も沈んだものでした。一通り事情を説明したあとで、閉鎖病棟に戻すこと、このまま興奮状態が続くようなら隔離室に入れること、外出はもちろん、面会も禁止となることなどを伝えてきました。

状況を考えれば、私に断るという選択肢はありません。退院寸前までこぎ着けていただけに落胆は大きかったものの、主治医の判断や指示に従う旨を伝えました。

「それでは、まず横井さんにお願いがあるんですが」

「はい」

「できれば明日、病棟変更の際に立ち会ってもらえませんか？」

「はぁ」

「明日の九時から病棟を変更する予定なのですが、その際に大きな声で騒いだり暴れたりされると、他の患者さんにも動揺を与えかねないので、横井さんに立ち会ってほしいんです」

翌朝早く、私は病院に着きました。

主治医と一緒に病室に入ってきた私を見た母は、「おぉ、孝治。やっと退院できることになったか」と興奮しながら言いました。そして、私や主治医が口を挟む暇《いとま》も与えずに「先生、本当にお世話になりました。息子が迎えに来てくれたので、これで失礼します」と言い、ベッドから立って衣類などを詰め込んだカバンを抱えました。

一瞬、虚を突かれた感じになった主治医は、気を取り直して「横井さん、申し訳ないのですが退院ではありません。病棟を移っていただくことになりました」と、どうにか用件を伝え、続けて「荷物もあるので、息子さんにも手伝いに来てもらったんですよ」と言いました。私もそれを受けて、「そうそう、母さん。『無理をせずに、しっかり治そう』って、この間も話をしたでしょ」と話を合わせます。

「……。なんで、なんで……」

「母さん?」

「なんで、孝治はわかってくれないんだ!」

母の叫びが病室に響きました。目に涙をためて「イヤだ、帰りたい……」と力なく首を振る母を見て、私の胸は張り裂けそうでした。

すぐにも「あぁ、一緒に帰ろう」と言ってやりたい。

でも、それでは入院前に逆戻り。

いや、今の病状を考えたら、入院前よりよっぽど悪いかも。

自分が一緒に暮らせば大丈夫？

いや、そんなことをしたら家族が生きていけなくなってしまう。

そもそも、自分に母の病状を改善させることができるようなら入院なんかしていない。


ほんのわずかな時間のはずですが、思いを巡らす私にとっては、すごく長い時間に感じられました。つかの間の沈黙を破ったのは主治医でした。

「さぁ、それじゃあ病棟を移動しましょうか」

母は怯えたような目で主治医を見つめ、次いで細かく首を振りながら私のほうをすがるような目で見ました。


どうにかしてやりたい……。


そんな衝動をグッとこらえ、私も小さく頷き、どうにか笑顔を作りました。

「ちょうど荷物をまとめてくれていたから助かるよ。重いのは俺が持つね」

私が近くに行って肩を軽く押すと、母も諦めたのかノロノロと歩き始めました。横顔を見ると、これ以上ないぐらいに強く歯を食いしばり、声もなく涙を流しています。

主治医の後ろに従って母とともに歩きながら、私は「なんでこんなことになってしまったんだろう」と考えていました。これまでの出来事が脳裏に浮かんでは消えていきます。「孝治、なんで泣いてるんだ？」と母に言われ、私は初めて自分の頬が濡れているのに気づきました。

閉鎖病棟にはものの二、三分で到着。

母は「イヤだ、助けてくれ！ 孝治、孝治～！」との叫び声を残して、重くて古めかしい扉の向こうへと消えていきました。

空白の三カ月。

母が閉鎖病棟に移ると同時に、面会や連絡が一切禁止となりました。母からの電話攻撃もピタリと止みました。久しぶりにゆっくり眠ることができること、妻や娘が電話攻撃の巻き添えにならなくてよくなったことなど、最初に私が感じたのは、苦痛に満ちた状況から脱することができた安心感でした。激しい嵐のなかで、なんとか雨宿りができる緊急避難場所が見つかったような気分とでも言ったらよいでしょうか。

しかし、一日、二日と時間がたつに従って、母からの連絡がないことに寂しさを感じ始めることになりました。昼夜を問わず憎悪と呪いの言葉をぶつけてきた母ですが、そこには「母が生きている」という強烈な実感がありました。それがプツッとなくなるのと同時に、母の息づかいそのものがなくなってしまったような気がしたのです。

それと同時に、私は気づきました。私や父は、母からの電話攻撃という激しい嵐に苦しめられていましたが、その嵐に最も翻弄《ほんろう》されていたのは母自身だったのです。

入院したあとも、ひとり息子である私のことを常に気にかけてくれていた母。そんな母が、病気のせいとはいえ私の死を願うようになるとは、きっと母自身が一番つらく、苦しかったはずです。

しかしそのときの私には、主治医たちを信じて、母の回復を願うよりほかにできることはありませんでした。

主治医からは「状況に変化があったら、こちらから電話します」と言われていたため、イライラとした気持ちのまま、一カ月ほどがたちました。

久々に病院を訪れ、主治医に状況を聞くと、「しばらく観察状態が続きましたが、最近は少しずつ落ち着いてこられました。ただ、ちょっとしたきっかけで興奮するのは変わりませんし、悪性症候群の心配もあるので、薬の種類や量については細心の注意が必要です。まだ、いつ電話でお話しいただける、いつ面会できるとお約束できる状況ではありません」とのことでした。「食欲はありますか?」と尋ねると、「しばらくは食事そのものを拒否されていたのですが、最近は出されたものを全部食べるなど、食欲は旺盛《おうせい》なようですね。薬もちゃんと飲んでいただいていますし」とのこと。

どうやら大きな問題はないようです。私は安心するとともに、退院はおろか、面会や電話を再開できる時期すらわからない現実を突きつけられ、暗い気持ちになりました。


「お母さんに面会してもらえるようになりました」と病院から連絡があったのは、母が閉鎖病棟に移されてから三カ月半ほどたった頃でした。

連絡をしてくれた看護師に礼を言った私は、本人と少し話をしたいので、母を電話口に呼んでもらえないかと頼んだのですが、「いえ、それはちょっと」と断られてしまいました。何か問題でもあるのかと聞くと、それは主治医から直接聞いてほしいとの回答。それでは主治医に代わってほしいと頼むと、主治医は不在とのことでした。

私の心に不安が募ります。ただ、何かできることがあるわけでもなく、主治医が面談の時間をとってくれる三日後に合わせて仕事を休めるように調整するしかありませんでした。「最近は穏やかに過ごされていますよ」という、看護師の言葉だけを信じて。

その日の夜、父に電話をかけて母と面会できることを伝えると、「そうか、よかったよかった」と無邪気に喜んでいます。

「早く母さんに退院してもらって、家のことをいろいろやってもらわないと」

「いや、それはやめろ」

「なんでぇ？　孝ちゃんもラクになるがね」

「だから、母さんが退院できるようになったとしても、病み上がりなんだから養生《ようじょう》しないとダメだろ。そもそも、やっと面会できるようになっただけで、いつ退院できるかなんてわかんないんだから」

「あのヤブ医者たちは、なんでとっとと治してくれないんだ」

「頑張ってくれている先生たちに、なんてこと言うんだ！」

結局、父を叱りつけて電話を切ることになってしまいました。


週末、父とともに母がいる病棟へ行くと、すぐに面会室へ通されました。

案内してくれた看護師は「それでは、すぐにお連れします」との言葉を残して退室。

まだ一人で行動させると何をやり出すのかわからない状態なのかと、ひそかに心配しながら待っていると、ほどなくしてドアがノックされ、先ほどの看護師が母と一緒に入室してきました。

「母さん」と声をかけようとした私ですが、母の姿を見て言葉を失いました。

変わり果てた母。

母は車いすに乗せられ、体は不自然にねじれています。

首はうなだれ、手入れされていない髪は無造作に伸びたままでした。

いつも身ぎれいにしている母のイメージからはかけ離れた姿です。

横にいる父の様子を見ると、父もまた言葉を失っているようです。

硬直した空気が気まずくなったのか、看護師は「それでは、ごゆっくり。お帰りになるときに声をかけていただけたら、○○先生のところへご案内しますね」と言い残して、すぐに退室していきました。


「……母さん、久しぶり」

やっとの思いで声をかけた私に反応し、ゆっくりと顔を上げた母の目は濁り、悲しくなるほどに力のないものでした。


「こ……孝治か？」

しばらくの沈黙のあと、母が最初に口にしたのは私の名前でした。

目の奥で、ほんの少しだけ感情が揺れたようにも見えます。

声はかすれ、注意しないと何を話しているのか聞き取りにくい感じです。

「母さん、やっと会えるようになったね」

「よかったなぁ、母さん」

私と父がほぼ同時に声をかけても、すぐに反応することはできません。

母の姿をよく見ると、上半身が左斜め前に大きく傾き、半端《はんぱ》に持ち上げられた右腕の手首から先は力なくだらりと下を向いています。持ち上げられた首は、上半身以上に左方向にねじれ、アゴが床と水平に近い状態になっています。


「母さん、母さん……！」

父が母の近くに歩み寄り、体を揺すり始めました。

「こら、やめろって」

後ろから父の肩をつかんで止めながら、あらためて母の様子を見たらまったくの無抵抗。体全体がぐらぐらと揺れ動いています。父が私のほうを振り返り、「孝治、母さんがおかしいがや！」と大きな声で言いました。

「うん、そうだな」

「そうだなじゃなくて、おかしいがや！　しばらく会わないうちに、おかしくなったがや！」

「……多分、何かの薬の副作用なんだろうなぁ」

「多分じゃ困るがや！　○○先生に頼んで、治してもらって……」

「……そんなに、騒ぐや、ない」

興奮する父を止めたのは、途切れ途切れに話す母の声でした。

母は、私のほうを見ながら、「孝治……、本当に、孝治か?」と続けます。

「あぁ……」と話しかけた私を制して、父が「ワシも、ワシもおるがや! 母さん、大丈夫か!」と言葉を返しました。

「おとう、さん……」

母がなんとか言い返そうとします。

「なんだ、母さん?」

「あんたは、ちょっと、黙って、いて……」


「父さん、ちょっと下がってくれ。母さん、どうした?」

私は二人の間に入り、話しかけました。

母の目の奥に、意思の火が灯《とも》されたように感じました。

「孝治、私の、体、こんなに、なって、しまった……」

「母さん……」

「全部、全部、ここで、されてしまった……」

「いや……」

「私、びょう、いんは、イヤだと、言った……」

「だから……」

「孝治は、聞いて、くれ、なかった……」

「母さん、すまん！」


母と私の会話に、今度は父が割り込んできました。

「ワシが今から先生に話をして、退院させてもらうから！」

「……おぃ！」

「孝ちゃん、こんな母さんを見て、何も思わんのか？」

こんな状態で退院して、実家でまともに暮らしていけるとはとても思えません。それでも母の姿はあまりに痛々しく、その言葉は私の胸をえぐるように感じられます。

「……とりあえず、先生の話を聞いてみよう」

私はそう言うのが精いっぱいでした。


「はや、く、殺し、て……」

看護師に主治医と話をしたい旨を伝えると、診察室へ行くように案内されました。

母の車いすを押しながら向かったのですが、上体が左斜め前へと突き出したようになっているため安定した姿勢を保つことができず、気をつけないと車いすから転がり落ちそうです。

「父さん、母さんが落ちないように支えて」

「わかった。任せてちょー」

「……」

「……」

「父さん、母さんの上着を指でつまむのは、支えてるとは言わないよ」

「うん」

「もっと、しっかりと支えないと」

「でも、母さんが倒れてきたら、ワシまで倒れてしまうがね」

「だったら『任せてちょー』とか言うな！」

母は、そんな私たちのやりとりに対しても無言のままで生気がありません。車いすを押す私から見ると、まるで壊れたマネキンを運んでいるようです。

母を入院させたこと自体が間違っていたとは思えません。そして退院したがる母を、「しっかり治療が終わるまで」と言い聞かせて、病院にとどめたのも正しい判断だと思います。それでも、人としての覇気《はき》をすべて失ってしまったような母の姿に、車いすを押す私の手は、ハンドル部分を必要以上に強く握りしめていました。

ほどなくして、診察室へ到着。

しばらくぶりに会った主治医は、心なしか疲れているように感じられました。

「○○先生……」

「横井さん、ご無沙汰しています」

「母のじょ……」

「驚かれましたか?」

あいさつもそこそこに、質問しようとした私を遮り、主治医は話し始めました。

「閉鎖病棟に移られてからしばらくの間、お母さんはかなり興奮されていました。そこで、まずは心を落ち着けてもらうために軽めの精神安定剤を使うことにしました」

「はぁ……」

「ただ、以前、悪性症候群になられたことがあるので、投薬の量はほんのわずかずつ、様子を見ながら調整していくしかないんです」

「はぁ……」

「その後、諸悪の根源ともいえる幻聴を減らすための薬を投与し始めたのですが、以前、お話ししていた『薬が効きにくく、副作用が出やすい』という、お母さんの体質から、通常では考えられないほど微量の薬でも、ご覧のような症状が現れてしまっているんです」

「……これは、治るんですか？」

主治医は、私の問いに少し目をそらしながら、「全力を尽くすとしか言えません」と答えました。

「こうした症状は、向精神薬の副作用では比較的ポピュラーなもので、パーキンソン病のようになることを『パーキンソニズム』、自分の意思と関係なく体がピクピク動いたりするのを『ジスキネジア』と言います」

「今後の方針はどうなんでしょうか？」

「とりあえず、異常な興奮状態は脱することができたので、これから薬の量を調整していきながら、少しずつ状況を上向きにしていくしかないですね」


「孝ちゃん、孝ちゃん！」

私の横でおとなしくしていたはずの父が、突然話に割り込んできました。

「何？　先生と大事な話をしてるんだから、黙ってて」

「母さんが、何かを言いたそうだがね！」


「〇〇、せん、せい……」

母は私でも父でもなく、主治医に向かって話し始めました。

「私の、体を、元、に、戻し、て」

力なくうなだれたまま、途切れ途切れに話す母の言葉は、静まりかえった診察室に響くように感じられました。

「私、は、薬を、やめて、と言った」

「……」

「でも、せん、せいは、やめ、てくれな、かった……」

「……」

「こんな……」


「横井さん！」

最初、母の言葉に耳を傾けていた主治医は、途中で母の話を遮り、少し焦ったように話し始めました。

「今の状態は治るための途中段階です。思ったように体が動かなくてつらいでしょうが、私も一生懸命に頑張りますから、一緒に病気を治しましょう」

「う……。もう……、イヤ……」

「この前、『息子さんに会わせてあげるから、頑張りましょうね』って言ったら、『うん』って言ってくれたじゃないですか」

「はや、く、殺し、て……」

「え？ 何を言ってるんですか？」

「わた、しを、殺し、たい、なら……。はや、く……」

「殺したいと思っている人のために、治療なんてしませんよ」

「先生、退院させてください」

それまで黙っていた父が口を開きました。

「えっ？」

「これ以上、妻を苦しめないでください」

「いや、別に苦しめようとしているわけでは……」

「苦しんでいるじゃないですか」

「いや、これは……」


「いい加減にしろ、父さん！」と私が止めに入ると、「これで黙っておれるもんかね！」

と食ってかかります。

「母さんがこんな状態で、孝ちゃんは悲しくないかね？」

「いや、そりゃあ悲しいけど……」

「なら、これから退院すればえぇがね！」

「無茶言うなって」

「こんなとこに閉じこめておいたら、母さん、もっとひどいことになるがね！」

「なんで決めつけるんだよ」

「私は、横井さんに治ってほしいと、自分なりに精いっぱい努力しています」

再び主治医が話し始めました。

「でも残念ながら、決定的な治療法が見つかっていないのも事実です」

「じゃあ、退院を……」と父が言いかけると、「いえ、さすがにそれは性急すぎます」と制止する主治医。

「ただ、今のままの治療を繰り返しても、大きな変化は期待できないとも思います」

「……」

「現在、通常の処方では副作用が強く出すぎるので、ごくごくわずかずつの薬を投与したり、普通なら使わない薬を使ったりしています」

「……」

「たとえば、てんかんの薬を少し投与して、その副作用を病状の改善に生かす、なんていうこともやっているんです」

「そんなこと聞きたいんじゃなくて、妻を退院させたいと言っているだけだがや！」

焦れた父が声を荒らげると、主治医はあらかじめ予想していたかのように、落ち着いてそれに応えました。

「えぇ。だから実は今日、これからのことをご相談しようとお越しいただいたんです」

主治医からの提案。

「相談したいことって、何でしょうか？」という私の質問に対し、主治医は「お母さんの様子をご覧になって、正直にどう思われましたか？」と質問で返してきました。

「どうと言われても……」

「先ほど、『全力を尽くすとしか言えない』とお話ししましたよね」

「えぇ」

「そのために、ご家族の方にも協力していただきたいんです」

「はぁ……」

「現在、お母さんの精神状態は、一時期の興奮状態を脱して落ち着いてきています。ただ、それと引き換えというか、副作用が出てしまっている状態なんです」

「えぇ、先ほど説明いただいた通りですよね」

「というか、常識的に考えれば『副作用が出ている』と思われる状態ですね」

「……？　どういうことでしょうか？」

「正直なところ、私には副作用とだけは思えないんです」

「はぁ」

「お母さんの場合、これまで診た患者さんのなかでも、とても高潔《こうけつ》で、芯《しん》の強い精神性を持っているんです」

「……」

「そんなお母さんが、全力で治療を拒む気持ちになってしまっている。私は、この気持ちの部分が副作用を強めているような気がしてならないんです」

「先生、だから退院させてほしいと言ってるがね！」

父が我慢しきれずに口を挟みました。

「今の状態で、さすがにそれは無理です。でも、実はそれに近いことを考えています」

主治医は、そんな父に対して落ち着いて答えました。

「それに近いこと？」

「ええ。実はお母さんの外出を許可していいか、相談したいんです」

父も私も、主治医の意外な発言にとまどいました。

「外出の許可、ですか？」

「ええ。通常なら、今のお母さんのような状態で外出をさせることはまずありません。転倒などによる怪我や、強い刺激を受けることによる精神状態の悪化が心配ですから。でも、私はそれでも外出をさせてあげたいんです」

「……どうしてでしょうか？」

「今のお母さんの状態は、病院の中で治療を受け続けることによるストレスが一因となっていると思えるんです。一時的にでも外出させてあげることで、それを緩和《かんわ》したいんです」

どうやら私たち家族にとって、悪い相談ではないようです。

「えぇ、先生にお許しいただけるんであれば、喜んで」

「許しをいただきたいのは、私のほうです」

「……どういう意味でしょうか？」

「この外出は一種の賭《か》けのようなものです。先ほどもお話ししたようにリスクもあります。それだけに、家族の方のご理解とご協力が欠かせません」

「わかりました。外出の際は、必ず私が付き添うようにします」

私の言葉に、主治医は今日初めての笑顔を見せました。

「もしお時間があるようなら、今から二～三時間ぐらいなら外出してこられても大丈夫ですよ。折りたたみ式の車いすをお貸ししますので、そちらを使ってください」

「え？　いいんですか？」

「はい、もちろん。事前に電話でお伝えしなかったのは、先入観のない状態でお母さんの状況を見て、判断してほしかったからなんです。お母さんをその目で見て、それでも外出させたいと判断されたのですから、私に止める理由はありません」

「ありがとうございます」

「それで、退院はいつになるがね？」と、今ひとつ要領を得ない父と、再び押し黙ってしまった母に対して、「よかったなぁ、外出してもいいんだって」と明るく声をかけ、私は診察室を出ました。どんな形であれ、母を病院の外に連れて行き、気分転換をさせてやれるのは、私にとってうれしいことでした。

いったん、母の病室まで戻り、寒くないように上着を着せたあと、車いすを押しながら駐車場に向かっていると、「外に出たら、そのまま退院したらええがね」などと、父が無茶なことを言い出しました。

「……！」

後ろから見ていると、母の背中がピクッと反応したのがよくわかります。

「『ええがね』じゃないだろ。ようやく落ち着いてきたんだから、もう一踏ん張り頑張らないと」

「孝ちゃんは、母さんがかわいそうじゃないのか？」

「……かわいそうだとは思うよ」

「だったら……」

「じゃあ、逆に聞くけど、ちょっと前まで母さんからガンガン電話がかかってきてたよね？」

「あぁ。あれはつらかったがね」

「あれを電話じゃなく、目の前でやられても大丈夫？」

「とんでもない！　イヤに決まっとるがね！」

「……でしょ？」

そのとき、母がボソボソとした声で話し始めました。

「で、電話……？」

「あぁ、さんざん困った電話をしてくれたもんな」

「なんの、こと……？」

「だから、『お前を殺してやる』って電話だよ。一日に何十回もかけてきただろ」

「……さぁ？」

どうやら母は、攻撃的な電話をかけまくっていた頃の記憶をなくしているようです。

そうこうするうちに、自動車の前まで来ました。

「ともかく、これから近くのショッピングセンターに買い物へ行こう。で、それが終わったら病院に戻ってくる。それがイヤなら、今すぐ病室に戻るよ」と私が宣言すると、「……母さん、それでええかね？」と父が恨めしそうな声で母に尋ねました。

「……あぁ」

母が軽く頷いたのを合図に、私は母を車いすから降ろし、自動車へ乗せました。トランクに車いすを積んで運転席に戻ろうとすると、すでに父がハンドルを握っています。

「母さん、久々の外出だし、ワシが運転するがね」

「頼むから、事故だけは起こすなよ」

「任せてちょー」

私は母とともに後部座席に座り、不安定な状態の母の体を支える役割に徹することにしました。

父も自分なりに気を使っているのか、いつものような急発進や急ブレーキもなく、比較的ゆっくりと運転しています。やはり、なんだかんだ言っても、母のことを気にかけているのかな、などと思いつつ、事故を起こさないようにしっかり前を向いて運転するように声をかけようと思ったとき、先に「孝ちゃん！」と父から声をかけられました。

「ん、何？」

「お昼、何にしよまい？」

プッ。

父のいつもの調子に、私がズッコケそうになる姿がおかしかったのか、母がクスクスと笑っています。私はその姿を見て、主治医が求めていたものはこれなんだろうな、などとあらためて気がついたのです。

ショッピングセンターに入った私たちは、すぐに昼食をとることにしました。

ただ、母の体調を考えると、あまりヘビーなものはよくないように思えます。少し迷ったあと、私は結局、チェーンのラーメン店を選びました。その店は、子どもの頃、母と二人で買い物帰りにラーメンやソフトクリームを食べた、思い出の店でもあります。

母に向かって「久しぶりに、あったかいラーメンを食べよう」と話しかけると、口元が軽くほころんだような気がしました。「それはええがね。ワシはソフトクリームも食べるがね」と、父もすぐに同意します。

「食べてもいいけど、お腹を壊さないでくれよ」

「大丈夫だがね」

「本当に？」

クスクス……。

やはり、母には私と父のやりとりがおかしく感じられるようです。

両親を席に座らせ、適当なセットを注文。母の嚥下《えんげ》に不安があったので、店員に取り分け用のお椀《わん》と、麺をカットするハサミを頼むと、快くＯＫしてくれました。

コップに水をくんだりしているうちに、ほどなくして料理が完成。カウンターで料理を受け取り、両親のもとに運ぶと、すでに父が三人分の割り箸を割って、すぐにも食べる態勢になっていました。

「孝ちゃん、ありがとう！　食べるがね！」

苦笑いしながら、父の分の料理を渡し、次に母の分を用意しました。ラーメンから立ち上る湯気が、食欲をそそります。

「母さん、箸は使える?」と尋ねると、無言で首を振りました。心なしか寂しそうな表情をしているように感じられます。「じゃあ、俺が食べさせてあげるね」と言い、お椀に麺を取り分けていると、母の手がこの店独自のラーメンフォークをつかみ、もう片方の手でお椀を受け取りました。そして、危なっかしい手つきながらも、一人で食べ始めたのです。

一人でラーメンを食べる。普段なら当たり前のことですが、変わり果てた母の姿を見た私にとっては、ちょっとした感動を覚えるような場面でした。

結局、麺をカットすることもなく、スープもかなりの量を飲み干しました。「母さん、おいしかったか?」と尋ねると、誰が見ても笑顔とわかる表情で「こんな、うまい、もの、食べた、こと、ない」と答えました。味はもちろんですが、家族と一緒に食べることができたこと、自力で食べることができたことがうれしいようです。

父のソフトクリームを買うためにカウンターに行った際、ダメもとでスプーンを売ってほしいと頼んだところ、「失礼ですが、様子を見させていただきました。スプーンのお代は結構ですから、どうぞお持ちください。ご両親を大切に」との答え。

ラーメン店で泣きそうになったのは、後にも先にもこのときだけです。

父の頼みごと。

たまに外出をするようになってから、母は急ピッチで復調していきました。凍りついたようになっていた表情にも時折笑顔が見えるようになり、私や父だけでなく、主治医や看護師、他の患者との交流も少しずつ見られるようになりました。

足元がふらつくため車いすは手放せないものの、外出を再開して一カ月が過ぎる頃には、左斜め前に大きく傾いていた上半身はほぼ真っすぐに、上半身以上にねじれていた首も、あまり違和感がない程度に戻ってきました。「毒が入っているから」と言って拒否していた病院内での食事も、「最近、お腹が空いて……」と残さず食べるように。

主治医が悩みに悩んだ末に選んだ、「薬に頼るだけでなく、家族の絆《きずな》を信じてみよう」という作戦は、結果として大正解だったのです。

外出が終わって病院に戻るときや面会を終えて私や父と別れる際には、不満を言ったり、寂しそうに振る舞ったりするものの、どうしようもないわがままを言うこともなくなりました。

父にも変化が見られるようになりました。デイサービスでの出来事を、私に一生懸命に話すようになったのです。また、配食サービスについても、「今日の弁当は○○が入ってて、うまかったがね」などと褒めることが増えました。

あるとき、不思議に思った私が、「父さん、最近デイサービスや配食サービスのことをよく褒めるようになったね」と言うと、「ありがたいことです」と相変わらず要領を得ない答え。

「ふ～ん……。もしかして、何か頼みたいことでもある？」

「頼みたいことっていうか……」

「できるかどうかわからないけど、聞くだけは聞いてやるから、早く言ってみな」

「孝ちゃん、怒らない？」

「怒るかどうかは内容によるけど」

「本当に、怒らない？」

「……面倒くさいなぁ。わかった、怒らないって」

次に父が言った言葉は、私にちょっとした驚きを与えました。

「母さんとデイサービスに一緒に行きたいがね」

「……」

「配食サービスの弁当も一緒に食べたいがね」

「……」

「あと、なんとかいうお手伝いさんみたいな人が家事を手伝ってくれるヤツ、アレを使ったら、母さんもラクになるんじゃないかと思うがね。……孝ちゃん？　聞こえとるか？」

父は父なりに母のことを思いやっており、無事に退院できたあとのことも考えているんだ。そんな当たり前のことを知った私の言葉は、普段より何割か優しかったはずです。

「うん、聞こえてるよ。あと、そんなことで怒るはずないよ」

外出が許可されるようになってから二カ月ほどたった頃、今度はついに外泊が許されることになりました。事前に電話で主治医からその意向を聞いた私は、両親には内緒にしておきました。当日の母の心身の状況によっては、急遽《きゅうきょ》外泊中止ということも十分にありえる話ですし、そうなったとき、ガッカリした勢いで再び不調になられても困るからです。

そして迎えた外泊当日。

いつもの面会のときと同様、母の病室でうれしそうに外出の準備をする両親に対して、医師から「実は……」と外泊の許可が出たとき、二人とも突然のことにキョトンとした表情を浮かべるのみ。

「母さん、よかったね。今日は家に泊まることができるよ」と私が声をかけると、ようやく実感が湧いてきたのか、ゆっくりと、しかし確かな笑顔になりました。「やったがね！ようやく退院できるがね！」と、父も勘違いして喜んでいます。

「父さん、退院はまだ早い。今日一日泊まって、様子を見るだけだから」

「もう、十分治ったがね」

「焦って、また悪くなったら大変だろ」

父と言い合いをしていると、主治医がそのなかに割って入ってきました。

「今日は外泊だけですが、このペースでいけば退院も近いと考えています」

「「「え……」」」

過去、退院を目前にしながら母の調子がドン底になり、悲しい思いをした経験から、私自身、退院を期待することに対して臆病になっていたのかもしれません。それだけに、事前の電話でも聞いていなかった主治医の言葉は、驚き以外の何物でもありませんでした。戸惑ったような表情を見せた母も、私と同じような心境だったのでしょう。

父は、すぐに戸惑いから脱し、「ほら、見ろ、孝ちゃん！　なんでも言ってみるもんだがね！」と、無邪気に喜んでいます。

そんな私たち家族を穏やかな表情で見ながら、主治医は言葉を続けました。

「ここ二カ月近く、ご家族と外出をされるようになってから、表情も明るくなり、心身の状態も大幅に回復してこられました。それは、ご家族の方もわかりますよね？」

「えぇ、もちろん」

「お母さんにとっては、家族と一緒に過ごす時間が最大の治療薬なんです。医療としてできる限りのことをしたうえで、なるべく早くお母さんを精神的にいちばん落ち着いた状況に戻したいと考えています」

主治医の言葉はよくわかります。むしろ、私の願いをそのまま言葉にしてくれているかのようです。

再び、退院に向けて。

私の心配をよそに、母の外泊は穏やかなものでした。数回の外泊を繰り返し、私と主治医は退院に向けた準備を進めることにしました。

最大のポイントは、安全に暮らせる環境づくりです。私が同居できるわけではないので、できる限り事故の危険性を減らす必要があります。なかでも、転倒防止には細心の注意を払う必要があると考えました。

私はケアマネジャーのKさんに会いに行きました。一通り事情を説明すると、「バリアフリーリフォームと介護用品の購入がいいでしょうね。お父さんと一緒にデイサービスに来てもらえるように要介護認定もとっておきましょう。あと、調理も最低限にとどめてもらうようにして、普段の食事は配食サービスを利用してもらったほうが安全でしょうね」とのこと。私も、この意見には異存がありません。

地元の介護用品ショップなどを教えてもらい、「領収書を持ってきてもらったら、私のほうで手続きとかはやっておきますよ」「それでは、お言葉に甘えてお願いします」などとやりとりをしていると、Kさんが「今、お母さんがご自宅におられるのなら、あいさつに伺いましょう」と言い出しました。

「え、今からですか?」

「はい、何か問題があれば、ご遠慮しますが」

「問題というか、母は人見知りが激しいので……」

「えぇ、だからこそです。いきなり要介護認定の訪問調査で顔を合わせるのではなく、先にお会いしておいたほうがリラックスしてもらえるでしょうし。一度、私に任せてもらえませんか?」

「……わかりました。よろしくお願いします」

「あと、横井さんのほうでは、リフォーム会社に見積りの依頼をしてみてください。うまくいけば、今日か明日には来てもらえるはずですよ」

「はい」


手早く外出の準備を済ませたKさんを連れて実家に帰ると、父がゲームを、母が洗濯をしているところでした。「母さん、家にはのんびりするために帰ってきてるんだから、洗濯なんかしちゃダメだって」と私がとがめると、「これぐらい平気。少しは体を動かしたほうがラクだから」と反論する母。「父さんもなんで止めなかったの?」と父に聞くと、「もうちょっとで勝てそうだがや」とゲームに夢中。埒《らち》が明きません。

「『二人でおとなしくテレビでも見といて』って言ってただろ?」と、つい声のボリュームが上がる私の後ろから、「……まぁ、まぁ、横井さん」とKさんが声をかけました。

そして両親に対して、少し大きな声で「陸夫さん、こんにちは。そしてかつ子さん、はじめまして。ケアマネジャーのKと申します」とあいさつしました。

父は一瞬驚いた顔をしたあと、「Kさん、いらっしゃい」と笑顔に。「すみません、息子さんと一緒にお家に上がっちゃいました」というKさんに、「いつ来てくれても、大歓迎です」と調子のいい父。その様子を無表情で見つめる母に向かって、Kさんはあらためて話しかけました。

「突然お伺いしてすみません。息子さんとお話ししていたら、かつ子さんがご自宅に戻ってきているとのことだったので、どうしてもごあいさつさせてほしいとお願いして連れて来てもらったんです」

母の表情にはこれといった変化はなく、「はぁ……」と曖昧《あいまい》な返事をするだけ。

「陸夫さんには配食サービスやデイサービスなどで、いつもお世話になっているんです」

「はぁ……」

細かな感情までは読み取りにくいものの、母が警戒していることは間違いなさそうです。

そんななか、「やったぁ。Kさん、Kさん、ワシ勝ったがね！」と、父の突拍子もない声が。いつの間にかゲームの続きに戻り、無事に勝ったようです。

「父さん、そんなことをやってる場合じゃないだろ！」

私が声を荒らげると、Kさんは私にだけ聞こえる声で「大丈夫、私に任せて」と言い、両親に向かって「息子さんは、少し電話をかける用事があるようなので、席を外されるそうです。私たち三人でお話ししましょうね」と声をかけました。

こうなると私に選択肢はありません。携帯を手に家の外に出て、リフォーム業者に電話をかけました。

電話口に出た相手に要件を伝えると、翌朝、見積もりのための下見に来てくれるとのこと。介護保険で介護リフォームを一割負担で行えるのは二〇万円分まで。どの程度までの工事ができるのかなぁ、などと考えながら両親とKさんのいるリビングに戻りました。

戻った私が最初に目にしたのは、機嫌良さそうにKさんに何かを語る母の姿でした。人見知りの激しい母が、短時間で他人に心を許すというのは、息子の私にすればかなりの驚きです。

「なるほど。今ではすごくお元気なのに、小さい頃はそんなに体が弱かったんですね」

「いっつも病院に連れて行ったり、往診に来てもらったりで……」

どうやら、私の小さい頃の話をしているようです。

Kさんの手には、一枚の写真が握られていました。

母の横に並ぶようにソファへ腰掛けると、母が「もう用事は終わったか?」と尋ねてきました。

「あぁ、済んだよ」

「今、かつ子さんに、孝治さんの子どもの頃のことを聞いてたんです」

「へぇ」

「うちにも中学生の息子がいるんですけど、どうやったらこんなに親思いの人に育つのかって、コツを教えてもらおうと思って」

それを受けて、母が少し誇らしげな顔で、「そりゃ、うちの大事の息子だから……」とつぶやくのを見て、Kさんのスゴさにあらためて驚かされました。女親に対して、相手の息子を褒めて歓心《かんしん》を得るのは、セールスなどでも常套《じょうとう》手段として使われる手法です。しかしそれを短時間で、なんの嫌みもなくやってのけ、人見知りの激しい母の心をつかんでしまうとは。

Kさんが手にしていた写真は、幼稚園時代の私を写したものでした。あとでKさんにこっそり聞いてみたところ、以前、父からこの写真を見せられた際に「いつか使える」と考えて、父の承諾のもと何カ月も保管していたとのこと。やっぱりプロは違うなぁ、と感心するしかありませんでした。

Kさんの説得。

Kさんと母の二人は、それから一〇分ほど楽しげに話をしていました。話が上手とは言えない母をKさんがうまくリードし、次から次へと言葉を引き出していきます。その傍《かたわ》らで、相変わらず父はゲームに熱中。二人には目もくれません。

話に一区切りがついた頃、Kさんは本来の用件を切り出しました。

「かつ子さん、孝治さんが昔から優しいお子さんだったのはよくわかりました。そんな孝治さんが、今のかつ子さんをとても心配されているのはわかりますよね？」

「えぇ、それは」

「お仕事も忙しいのに、毎週、大阪から帰ってきて、病院に行ったり、家事をやったりと大忙しですし」

「えぇ、だから私が退院したら、また元通りに頑張らないと」

「孝治さんがいちばん心配しておられるのも、そこなんですよ」

「そう、だから頑張らないと」

「かつ子さん」

「私が頑張らないと……」

「かつ子さん、待ってください」

Kさんは、それまでの穏やかな声とは打って変わって、少し強い口調で母が話すのを止めました。

「かつ子さん。孝治さんが今、何を心配しておられるのかわかりませんか？」

「だから、孝治に世話をかけないように……」

「孝治さんは、お世話をすることをイヤがってはいませんよ」

「いや、でも、いろんなことをやらせるのはかわいそうだから」

「それでも構わないと言っておられますよ」

「でも、これ以上孝治に迷惑をかけるのは……」

Kさんの口調の変化に少し戸惑いながらも、母は食い下がります。

「孝治さん、かつ子さんのお世話をするのはイヤですか？」

Kさんは急に私のほうを見て、尋ねてきました。

「いえ、そんなことはないです」と即答する私。

「じゃあ、少しつらいことを聞きますね」

「はい」

「孝治さんは、かつ子さんが病気になって、どう思いましたか？」

「……最初は驚き、そして、ただただ悲しかったですね」

「では、かつ子さんの病状が、また悪化したらどう思いますか？」


「そんなの、イヤに決まっとるがね！」

ゲームに熱中していたはずの父が、大声で割り込んできました。

「母さんがおらんと、寂しいがね！」

「父さん……」

「独りでご飯を食べるのは、寂しいがね！」

「お父さん……」

「母さんと一緒に、また散歩がしたいがね！」

「陸夫さん……」

私、母、Kさんは、急に主張を始めた父に驚きながらも、それぞれに感じるものがありました。

「ワシは、ワシは……」

「父さん、わかったから。Kさん、私も同じです。母には二度と病状が悪化してほしくないし、穏やかに暮らしてもらいたいです」

私は興奮する父をなだめながら、Kさんに答えました。


Kさんは、再び母のほうに向き直り、今度は優しく声をかけました。

「かつ子さん、あなたは幸せですね。こんなにお母さん思いの息子さんと、奥さん思いのご主人がいるんですから」

「……」

母も、父と私の言葉に心が動かされたのか、心なしか目が潤んでいるようです。

「かつ子さん、孝治さんが一番に心配しているのは、かつ子さんが頑張りすぎて、また調子を悪くしてしまうことなんです。そうならないように、孝治さんも私も、一生懸命に知恵を絞ってサポートしたいんです」

Kさんが話を続けます。

「かつ子さん、お願いです。孝治さんと陸夫さんのために、かつ子さんが頑張りすぎないお手伝いをさせてもらえませんか?」

「……よろしくお願いします」

じっと母の目を見つめて語りかけるKさんに対し、母はゆっくりと頭を下げました。

その後のKさんの対応は、実に手早いものでした。両親の抵抗感が強いであろうホームヘルパーの利用については話題に出さず、配食サービスやデイサービスの利用などを簡潔に説明し、利用について母の同意を取り付けたのです。

さらに、事前に用意していた要介護認定の調査依頼書を取り出して私に署名・捺印を求めると、その場で認定調査の仮アポまで入れてしまいました。

実家の介護リフォームについても、翌朝、リフォーム業者が来るタイミングに合わせて立ち会ってくれるとのこと。なんとも頼もしい限りです。

母はKさんのことをかなり気に入ったようで、別れ際には「孝治が結婚していなかったら、嫁にほしいぐらいだ」などと言い出す始末。Kさんは笑顔を絶やさぬようにしながら、うまくかわしていました。

Kさんが帰ってから夕食までの間は、どこまでの家事を母に任せるかについて、母と二人で話し合いました。もちろん父は、その間はずっとゲームに夢中です。

「もう、なんでもできる」と主張する母をなだめながら、結局は、両親が暮らす実家の一階部分の掃除と洗濯だけを任せることに。朝食はインスタント食品、昼食と夕食は配食サービスを利用するので料理は禁止です。

ゴミ出しについては三〜四週間に一度、ゴミの日にタイミングを合わせて私が帰省し、まとめて捨てることになりました。家で料理をしないので、主なゴミは新聞やインスタント食品の包装材、ペットボトルなど、さほどの量にはならないはずです。

風呂やトイレ、二階部分の掃除、庭の手入れは、私が受け持つことにしました。

ここで母と決めた家事分担の合意内容について、後日、主治医に報告したところ、「すべての家事を取り上げると、逆にストレスをためる原因にもなるので、ちょうどいいぐらいでしょうね」とのことでした。

介護リフォーム。

翌朝、朝食が終わって、両親にお茶を飲ませたりしていると、Kさんが約束通り来てくれました。その直後、今度はリフォーム業者の営業マンが到着。あいさつや名刺交換などもそこそこに、実家の改修すべきポイントを見て回ることに。

玄関の段差、居室と廊下の間の段差、トイレや風呂場への手すり設置など、私が気にしているところを伝えると、Kさんとリフォーム業者は介護リフォームのポイントについて次々とアドバイスをしてくれます。結局、想定される両親の動線をもとに、次のような介護リフォームを行うことになりました。

・段差が急な玄関の上がり口に踏み台を設置。
・玄関の壁にL字型の手すりを設置。
・トイレのドアを引き戸にし、廊下との間の段差を解消。
・トイレの壁にL字型の手すりを設置。
・居室と廊下の間に室内用の小型スロープを設置し、段差を解消。
・浴室の壁面にL字型およびI字型の手すりを設置。
・浴室の洗い場にすのこを設置し、脱衣場との間の段差を解消。

また、介護保険の一割負担分とは別に、次のリフォームも依頼することにしました。

・浴室の蛇口を、簡単に操作できるものに取り換え。

一通りの相談が終わると、Kさんは別件があるとのことで帰っていきました。

あとは、細かい部材の選定や書類作成などの役割分担、スケジュールの確認を行うだけになり、私とリフォーム業者はリビングで打ち合わせを行うことに。費用的にも、介護保険の「住宅改修」範囲の二〇万円（自己負担二万円）に、蛇口取り付け分をプラスして支払う形で収まりそうでホッとひと息といったところです。

そうしたなか「ちょっと、見積もってほしいところがあるがね」と、父が急に割り込んできました。

「ん？　何か他に気になるところがある？」

「大アリだがね。ちょっと外に出てみぃ」

父について私たちが玄関の外に出ると、父は門扉《もんぴ》のところを指さしていました。

「アレも、取り換えてほしいがね」

「門扉は別に困ってないだろ」

「車の出し入れのとき、開け閉めするのが面倒だで」

「でも、介護リフォームの対象じゃないから」

「ガラガラッと横に引くヤツにしたいがや」

「イヤ、だから……」

結局、「母さんのいない間、ワシもずっと我慢してきたんだから、ご褒美《ほうび》がほしいがや」という訳のわからない理由で私が押し切られるのは、それから五分ほど後のことでした。つまらないところでケンカして、母に動揺を与えたくありませんでしたし……。

母の要介護認定の訪問調査は、入院している病院で行うことになりました。通常なら自宅で行うことになるのですが、母の精神状態が不安定になる危険性があることや、この一年ほどの日常の様子をいちばん詳しく把握しているのが病院の看護師たちであることから、Kさんとの相談でそのように決めたのです。

当日は朝一番の電車で大阪から三重に向かい、病院へと駆けつけました。父は実家で留守番です。母の病室に着き、しばらく雑談していると調査員も到着。そのまま認定調査が始まりました。

体の状態など調査員の質問に対して、母は緊張した表情ながらも一つひとつ回答していきます。言葉に詰まったり、「〇〇ができます」などと事実に反することを回答したときのみ、私が横から口を出すといった感じで、一通りの質問が終了。

最後に調査員からの質問がありました。

「調査票には特記事項という欄があるのですが、特に伝えたいことがあれば言ってもらえますか？」

回答しようとする私を制するように、母が素早く言葉を発しました。

「私は、長い入院で、息子に、迷惑をかけました。よくわかりませんが、保険のほうで、いろいろと助けて、もらえるようで、ありがたいと思っています。なるべく、息子に迷惑を、かけないよう、お願いします」

緊張のためか、まだ向精神薬の副作用が抜けていないためか、たどたどしい口調ながらも真剣に訴える母。その深々と頭を下げる姿に、私は少しの間、言葉を忘れてしまいました。調査員も心を動かされたようで、「これまでいろんな方の調査に伺いましたが、こんなにご家族を思いやっている本人さんは初めてです。及ばずながら私も、退院されたあとの生活がうまくいくように努力しますね」と言ってくれました。

後日、母は要介護3と認定されることになります。

突然の吉報。

母の退院は、主治医のさりげないひと言で決まりました。

いつものように実家で外泊させるために母を迎えに行き、病院から出ようとすると、玄関まで見送りに来た主治医が「今回を最後の外泊にしましょう」と言ったのです。

「え？」

「先生？」

「もう外泊できないんですか？」

私と両親は、主治医の意図がわからず、要領を得ない返事をしてしまいました。

主治医が穏やかな笑顔を浮かべながら、「いえ。横井かつ子さん、よく頑張りましたね。最近の様子を見ていると、定期的に通院さえしてもらえば、もう、自分のお家で暮らしてもらっても大丈夫だと思います。今回の外泊の際に、いつ退院するかをご家族で話し合ってください」と言葉を続けてくれても、私たち家族三人は、それぞれ顔を見合わせて、少しの間キョトンとしてしまいました。

最初に言葉を発したのは父でした。

「先生、退院って……」

「はい。今度の外泊を通して、特に問題がないようなら退院してもらいます」

「やった、やったがや！　母さん、退院だがや！」

満面の笑みと言えばよいのでしょうか、心の底からうれしそうな顔で、今にも踊り出さんばかりの様子です。次に言葉を発したのは、私です。

「先生、すべての問題がなくなってから退院の話をするはずだったんじゃ……」

「えぇ、その通りです。今回、『問題がなければ退院できる』とお話しするのも、念のためのテストみたいなものです。プレッシャーに耐えられるか、という」

「……なるほど」

母は言葉を発することができませんでした。その顔を見ると、目からひと筋の涙がこぼれ落ちています。その涙は母の気持ちを何よりも雄弁に語っているようでした。

病院を出て、実家に向かう車の中でも父は大喜びです。

「母さんの退院が決まったがや！　今日はご馳走《ちそう》だがや！」

「まだ、安心するのは早いって。『今回の外泊でも問題なければ』と先生が言ってただろ」

と私がたしなめても、「関係ないがね。今日でもう退院にしてしまえばいいがね」と、無茶苦茶なことを言っています。「あとで厳しく叱ってやるから、覚悟しておけ」と心の中でつぶやきながらも、私自身、母の退院まであと一歩のところまで来たうれしさに、自然と口元がほころんできます。

主治医には、要介護認定をとったり、住環境を整えたりといった、退院に向けた準備が進んでいることを伝えていました。そして主治医も、両親が二人だけで暮らすのではなく、介護サービスなどを利用し、周囲のサポートを受けながら暮らすということに喜んでいました。

今回、主治医が両親の前で「退院」という言葉を使ったのは、受け入れ態勢が整ったと判断してのことなのは疑う余地がありません。そして、母が介護サービスなどを受け入れる気になってくれたのは、ケアマネジャーであるKさんの機転の利いた話のおかげ。高いテンションのまま、どんなご馳走が食べたいかを語る父をいなしつつ、私はKさんに早くお礼の電話をしようと考えて車を走らせました。

実家に帰る途中、いつも寄るカレー屋ではなく、昔から家族みんなで気に入っているうなぎ屋で昼食をとることにしました。これはもちろん、母の退院の前祝い。「ぬか喜びになるといけないから、本当に退院した日に来ようよ」と言っても、「そのときも、また来ればいいがや」と言って聞かない父の、強引なリクエストに押し切られた形です。

うなぎ屋に到着して席に座るや否や、父が三人分のうなぎ定食を注文しました。

「母さんのおかげで、うなぎが食べられるがや」

「母さんが退院するより、うなぎが食べられるほうがうれしいみたいだなぁ」

「そんなことないがや。母さんの退院もうれしいがや」

「だから、『退院も』ってなんだよ。『退院も』って」

父の隣では、冗談交じりに言い合う父と私を交互に見ながら、母が穏やかに微笑んでいます。

「孝ちゃん、ビール飲んだらいいがね」

「いや、運転があるから」

「運転ぐらい、ワシがやるがね」

「でも、心配だしなぁ」

父とそんなやりとりをしていると、母が「孝治、私が注《つ》いでやるから、ビール飲みなさい」と言いました。母としても、お祝い気分が高まっているようです。

母が精神に異常をきたしてから一年半以上。

母の顔を見ているうちに、その間のさまざまな出来事が思い起こされ、私の口数は次第に少なくなっていきました。

ゴミ屋敷のように荒れ果てた実家。

痩せ細り、訳がわからないことばかりを口走る母。

「たたけば治る」と思って、心を病んだ母に暴力をふるっていた父。

入院をイヤがって父を刃物で脅かし、警察官に伴われて病院に行くことになった母。

身のまわりのこと、家のことが何ひとつできず、ゴミをリビングの床にポイポイと捨ててしまう父。

大腸のポリープを内視鏡で取り除く軽い手術で大騒ぎし、必要もない移植のために私の臓器をよこせと言った父。

向精神薬の副作用（悪性症候群）のため、命を落としても不思議ではない状態に陥った母。

断薬によって奇跡的に回復し、退院まであと少しのところにきた母。

しかしその後、躁《そう》状態が激しくなって、他の患者や看護師などへの暴言や、父や私への一日数十回もの電話攻撃を繰り返すようになった母。

いろんな、本当にいろんなことがあったなぁ……。

すべてが悪い夢のようで、でも夢じゃなくて。

親子三人がそろって、落ち着いた気持ちでご馳走が食べられるようになるとは。

そして、それがあとひと息で、特別なことではなく当たり前のことになるとは。

いつの間にか目の前に運ばれてきていた料理をつつき、母に注いでもらったビールを飲みながら、私は出口の見えない苦しみから解放される日が近いことを実感していました。

退院の日。

外泊二日目。

私は大阪に一人で戻りました。私が同居するわけにいかない以上、両親が自立した暮らしに戻ることは必須条件。両親二人だけの状態でちゃんと暮らせるのか、薬を飲み忘れたり、病院に行くのをイヤがったりしないのかなどを確認するため、主治医と相談して、わざと私がいない状態をつくるように決めたのです。

三泊四日の外泊も終了し、両親だけでなく、Kさんや主治医とも連絡をとり合って大きな問題がないのを確認し、とうとう一週間後に退院することが決まりました。

主治医との電話を終えて職場に戻った私をはたから見れば、今にも歌い出しそうなほどご機嫌だったことでしょう。


退院の日は、よく晴れていました。


入院したときは雨に降られて、ただでさえつらい気持ちが、いっそうブルーになったなぁ、などと思いつつ、病院に近い駅で父と合流。

病室に行くと、母が一生懸命に話をしている後ろ姿が見えました。どうやら、入院以来、何かと仲良くしてくれているIさんに、お別れを告げているようです。


「……しんどいときも、Iさんが……」

「……」

「……だから、私は……」

「……」


Iさんの言葉はボソボソとしており、私にはあまり聞き取ることができなかったのですが、母にはよく伝わっているようです。Iさんの手を取って、母なりに精いっぱいの感謝を伝えているようでした。

Iさんには確かにお世話になったし、母が無事に退院できるようになった一因でもあるなぁ、と私が考えていると、父が空気の読めない行動を。「母さん、こんなボケた人ばっかりのところからは、早く帰るがね！」と、大声で声をかけたのです。

母と私の非難のこもった目にも気づかず、父は「早く、早く！」と騒ぎ続けます。

そして「ワシ、本当はこんなとこに来るのはイヤだがね！」と、ひと言。

配慮のカケラも感じられない発言。

我が親ながら、あまりの情けなさに涙が出そうになりました。

頭をはたいて怒鳴りつけようと、父のほうに足を踏み出したとき、私の後ろから「ご主人の言う通りです」と、主治医の声が。

「横井さんも、ご家族も、本当につらかったと思います。ご自宅でゆっくり暮らせるなら、それがいちばん。入院が必要な状態には、二度とならないでくださいね」

私たちはただ、頭を下げて感謝の言葉を述べることしかできませんでした。

こうして母の約一年にわたる入院生活は終わり、再び父との二人暮らしがスタートしたのです。

介護保険サービスの医療費控除

【確定申告の際、医療費控除の対象となるサービス】

介護保険サービスのなかには、確定申告の際に医療費控除の対象となるものがあります。該当するサービスを利用している人は、忘れずに申告を行いましょう。

申告の際には事業者などが発行する領収書の添付が必要なので、普段から紛失しないように整理しておくと申告のときに便利です。

また、高額介護サービス費として払い戻しを受けた場合は、その高額介護サービス費の額を医療費の金額から差し引いて医療費控除の金額を計算することになるので注意しましょう。

医療費控除の対象となるサービス

●在宅・医療系

	サービスの種類	限度額を超える利用者負担額	食費 ※特別なものを除く	居住費 ※特別なものを除く	交通費	注意すべきポイント
訪問	訪問看護	○	ー	ー	ー	
訪問	訪問リハビリテーション	○	ー	ー	ー	
訪問	居宅療養管理指導	○	ー	ー	ー	
通所	通所リハビリテーション（デイケア）	○	○	ー	ー	
短期入所	短期入所療養介護（ショートステイ）	○	○	○	○（通常必要なものに限る）	医療系施設でのショートステイが対象

●在宅・福祉系

	サービスの種類	限度額を超える利用者負担額	食費 ※特別なものを除く	居住費 ※特別なものを除く	交通費	注意すべきポイント
訪問	訪問介護 ※生活援助中心型以外	×	ー	ー	ー	医療系サービスと併せて利用する場合に限る
訪問	訪問入浴介護	×	ー	ー	ー	医療系サービスと併せて利用する場合に限る
通所	通所介護（デイサービス）	×	×	ー	ー	医療系サービスと併せて利用する場合に限る
短期入所	短期入所生活介護（ショートステイ）	×	×	×	○（通常必要なものに限る）	医療系サービスと併せて利用する場合に限る

●地域密着型

サービスの種類	限度額を超える利用者負担額	食費 ※特別なものを除く	居住費 ※特別なものを除く	交通費	注意すべきポイント
夜間対応型訪問介護	×	ー	ー	ー	医療系サービスと併せて利用する場合に限る
認知症対応型通所介護	×	ー	ー	ー	医療系サービスと併せて利用する場合に限る
小規模多機能型居宅介護	×	×	ー	ー	医療系サービスと併せて利用する場合に限る
地域密着型介護老人福祉施設入所者生活介護	ー	ー	ー	ー	施設サービス費（1割負担分）、居住費、食費に関わる自己負担額として支払った額の1/2が対象。

●施設

サービスの種類	対象となる経費	注意すべきポイント
介護老人福祉施設サービス（特別養護老人ホーム）	施設サービス費（1割負担分）、居住費、食費に関わる自己負担額として支払った額の1/2。	旧措置入所者以外が対象
介護老人保健施設サービス（老人保健施設）	施設サービス費（1割負担分）、居住費、食費に関わる自己負担額。（その病状に応じて一般的に支出される水準を著しく超えない部分の金額）	
介護療養型医療施設サービス（療養病床など）	施設サービス費（1割負担分）、居住費、食費に関わる自己負担額。（その病状に応じて一般的に支出される水準を著しく超えない部分の金額）	

【医療費控除の対象にならないサービス】

残念ながら、確定申告の際に医療費控除の対象とならないものもあります。

申告の際にはよく注意しましょう。

医療費控除の対象とならないサービス

○訪問介護　※生活援助中心型　○特定施設入居者生活介護
○福祉用具貸与　○特定福祉用具販売　○住宅改修費の支給
○介護老人福祉施設サービス（特別養護老人ホーム）※旧措置入所者の場合
○認知症対応型共同生活介護（グループホーム）
○地域密着型特定施設入居者生活介護

高額介護サービス費の支給

【自己負担額が一定額を上回ると支給を受けられる】

介護保険のサービスの自己負担は1割ですが、いろいろなサービスを利用している場合はそれなりの費用となってしまいます。こうした負担を軽減するためにあるのが「高額介護サービス費支給制度」です。

介護保険のサービスに対して支払った1カ月ごとの自己負担額が決められた上限を超えると支給を受けることができます。「要介護」ではなく、「要支援」でも上限を超えれば支給を受けることが可能で、この場合は「高額介護予防サービス費」と呼びます。

なお、同一世帯の自己負担額については合算となります。


高額介護サービス費が支給される自己負担額の上限額（月額）

世帯の区分	内　容	自己負担上限額
第１段階	・生活保護受給者 ・市区町村民税の非課税世帯で老齢福祉年金の受給者	15,000 円
第２段階	・世帯全員が市区町村民税非課税で、合計所得金額と課税年金額の合計が年額 80 万円以下の人	15,000 円
第３段階	・世帯全員が市区町村民税非課税で、第２段階以外の人	24,600 円
第４段階	・市区町村民税課税世帯	37,200 円

【高額介護サービス費の対象にならないもの】

残念ながら、高額介護サービス費の支給対象とならないものもあります。

利用にあたってはよく注意しましょう。


高額介護サービス費の支給対象とならないもの

○要介護度ごとに決められた利用限度額を超えた自己負担分
○福祉用具購入費
○住宅改修費の1割負担
○入所・入院（ショートステイ）の食費・居住費（滞在費）、差額ベッド代、日常生活費など

【申請手続きは１回だけでOK】

高額介護サービス費の対象となるサービスを最初に受けてから3カ月後ぐらいに、市区町村より申請書が届きます。この申請書を使って申請を行い、銀行口座を登録すれば、以後は利用実績に合わせて自動的に給付されます。

上限額を超えた費用を払い続けているのに申請書が届かない場合は、市区町村の高齢福祉課などに問い合わせをするといいでしょう。

あとがき

突然の母の変調から始まった私の介護は、その退院をもって一区切りを迎えることになりました。その後、再入院や再々入院、三重から大阪への転居、施設への入所など、まだ介護は続いていくことになるのですが、それはまた、私の会社である株式会社コミュニケーターが運営している介護情報サイト「親ケア．ｃｏｍ」で少しずつ書いていくつもりです。

この「親ケア奮闘記」を書き続けるなかで私自身が驚いたのは、父や母とどんなやりとりがあったのか、そのとき自分がどんな気持ちだったのかを克明《こくめい》に覚えていることでした。元来、記憶力にはあまり自信がないほうなので、それだけ私にとってインパクトのある出来事だったということなのでしょう。

母が突然おかしくなったのは、私が三四歳だった二〇〇一年。母より一〇歳年上の父が昔、脳出血で死にかけたことがあるため、父が亡くなったときにはひとり息子である自分が母を大阪に呼び寄せることになるんだろうな、といった漠然《ばくぜん》とした思いはあったものの、まさかこんなに早く、そして母のほうがおかしくなるとは夢にも思っていませんでした。

また当時の私は、介護というものを正しく認識していませんでした。私が介護だと思っていたのは「寝たきりの人の身のまわりの世話をする」「車いすに乗った人を連れて病院に出かける」などの身体介助のみ。「肉体的には元気だけど、精神的に病んでいる人が危険にさらされないように見守る」「何もできない親に代わって家事を行う」ことは、家族が行うべき「手伝い」だと考えていたのです。その結果、必要以上のことを一人で抱え込み、時間やお金を無駄にしてしまったのは、この本をお読みいただいた方なら十分におわかりいただけるかと思います。

私が介護について客観的に考えられるようになったのは、四年ほどの遠距離介護を経て、両親を施設に入所させてから。二四時間三六五日、どんなトラブルが起こるかわからない状況から解放された頃、日々の介護に思い詰めて親を虐待したり、殺してしまったりという事件が全国各地で起きていることをテレビや新聞を通して知り、自分自身も一つ間違ったら同じようになっていたと思いました。以来、自分が知りえた介護についての情報や、他の詳しい方々のノウハウなどを多くの人に伝え、共有できるような仕組みが作りたいと考え続けてきました。

現在は、その思いが形になって会社を設立。「親ケア・ｃｏｍ」をはじめとする介護関連サイトの運営や、オールアバウト「介護」を中心とした執筆、全国各地での講演活動などをさせていただいています。現在は、会社を作る前からの夢だった「介護家族がまとめておくべき、介護についての記録を簡単に管理できるサービス」の立ち上げに向け、力を注いでいるところです。

この本のなかで、とぼけたトラブルメーカーとして活躍（？）する父・横井陸夫は、二〇一〇年二月一六日二一時四一分、入院先の病院で亡くなりました。享年八三、死因は肺炎です。父とは、いろんなことがありすぎるぐらいありましたが、いざ亡くなってみると、なんとも言えない喪失感がありますね。

幸い、母も激しく取り乱したりすることはなかったのですが、葬儀から一カ月もたった頃には父が亡くなったこと自体を忘れてしまい、私に向かって「父さんは元気かなぁ」などと問いかけ、「先月、お葬式をしただろ」という私の返事に「えぇっ、本当か？」と心から驚くように。以来、三年半が過ぎた現在でも、父の死についてはよくわかっていないいまの状態です。

月日がたち、忘れてしまう前に、葬儀当日に私が行った喪主あいさつをつづっておきます。

お越しいただいた皆さん、ありがとうございます。
今日は、二つの感謝を述べさせていただきたいと思います。

まず一つ目ですが、父さん。
父さんと母さんが出会い、結ばれ、
私を生み育ててくれたおかげで、
私はこんなに大きくなり、そして元気に暮らしています。
本当にありがとう。
そして、お疲れ様でした。

次に二つ目ですが、父が好きなことを存分にやりながらも
天寿を全《まっと》うできたのは、
父を愛し、支えてくれた方々のおかげです。
本日お越しいただいた皆さんをはじめ、
父を支えてくれたすべての方々に対し、
父に代わり御礼申し上げます。
本当にありがとうございました。

今日は父のため、そして私たち遺族のために、貴重な時間を割《さ》いていただき、ありがとうございました。

介護をする前と現在では、私自身の考え方や仕事内容、取り巻く環境が激変しました。今になってみれば、介護が必要になった父や母と向き合うなかで、私自身が抱いた喜怒哀楽の感情、いろいろ考えさせられたこと、その結果として多くの出会いに恵まれたことのすべてが、両親からの贈り物だったようにも思えます。

最後に。今回一冊の書籍にまとめる機会を与えていただいた編集の方々、「親ケア・ｃｏｍ」をはじめ、私の会社が運営しているサービスをご利用いただいている方々、私の会社を支えてくださるお客さまやパートナーの方々、両親を支えてくださっている介護職の方々、そして何より、私自身をいちばん近くから支え続けてくれる妻と娘に、心からの感謝を捧げます。

二〇一三年一〇月一二日

横井孝治

横井孝治（よこい・こうじ）
1967年、三重県生まれ。大阪在住。印刷会社のコピーライターや宣伝・販促プランナーを経て、2006年に株式会社コミュニケーターを設立。宣伝・販促プロデュースやコンサルティング事業とともに、介護情報サイト「親ケア.com」（http://www.oyacare.com/）などを運営。All About「介護」をはじめ、各メディアへの出演や寄稿、講演活動を行っている。監修書籍として『40代から備える親の介護&自分の介護』（世界文化社）がある。

親《おや》ケア奮闘記《ふんとうき》
――がんばれ、母《かあ》さん。たのむよ、父《とう》さん。

2013年11月3日／初版第1刷発行

著　者　横井孝治《よこいこうじ》
発行者　大島光明
発行所　株式会社　第三文明社
東京都新宿区新宿1-23-5
郵便番号　160-0022
電話番号　営業代表03-5269-7145
編集代表03-5269-7154
URL http://www.daisanbunmei.co.jp
振替口座　00150-3-117823

印刷所／製本所　壮光舎印刷株式会社

Printed in Japan
ISBN 978-4-476-03324-3